緋弾のアリア XXXIII

Aria the Scarlet Ammo

33

花冠《ブルーメン・クローネ》の帰還兵

赤松中学

Contents

緋弾のアリアXXXIII
花冠の帰還兵《ブルーメン・クローネ》

赤松中学

MF文庫J

口絵・本文イラスト●こぶいち

1弾　海楼の密使《エトランゼ》

「キヲツケぇイ！」

東京湾《とうきょうわん》の下に在るらしいこの施設に突如現れた、旧日本海軍中佐・遠山雪花《とおやませっか》が――

――今、俺《おれ》の首に軍刀を突きつけている。

その旧型軍刀はサーベル風の外観をしているが、刀身は日本刀だ。雪花が白手袋の手を少し突き出せば、俺の首は一気に串刺しにされてしまうだろう。

「よせッ、落ち着け……！」

「醜く狼狽《うろた》えおって。貴様、それでも帝国軍人のつもりか！」

ここへ来る前に海軍の白い軍服に着替えていた俺を、雪花が一喝してくる。

「に、日本に軍人は1人もいない、いるのは自衛官だっ」

「じえいかん？　何だそれは。フンッ――語るに落ちたな、ニセ日本人よ」

後ずさった俺を見て、この小部屋からの出口がそこだと気付いたらしい雪花が……俺の背後のドアへと回り込んでいく。この危険な女に背中を向けないよう回れ右していく俺の首筋に、ピタリと刀の切っ先を付けたまま。

「……いや、貴様は日本人ではあるのだろう。なんとなくそれは分かる。しかし自分とは違う日本人だ。おおかた開戦前に敵国に移民し、そこで対日スパイの役を買って出た者。

しかし自分に近しい顔つきの者を選んで寄越《よこ》すとは、米英も手の込んだ事をするものよ」

軍帽の鍔《つば》の下、キレイに切《き》り揃《そろ》えた前髪を照門《リアサイト》のようにして俺《おれ》を睨《にら》む雪花《せっか》の眼光は——

どう見ても、カタギのものじゃない。

今まで俺に刃物や銃口を向けてきた誰よりも、その殺意にためらいがない。

これは、本物。

本物の軍人だ。

敵を殺す事を当然どころか義務と考えている人間だ。

そして俺はその彼女に敵認定されてる。マズイぞこれは。いつもながら、またしても。

（——1人行けば、1人来る——）

そう言い残して去ったエルフのエンディミラは、ここではないどこかから来た。

そこがどこかは分からないものの、エンディミラが密使として『そこ』から『ここ』へ来たように、『ここ』も密使を『そこ』へ送っていたらしい。

そして魔術的な手法で行われるその瞬間移動には、長短の時間の跳躍が伴う。

断片的な情報しか無いから詳細は不明だが、状況から察するに——これは——

かつて、旧日本軍が、『そこ』へ密使を送っていたんだ。

そしてその密使が、この遠山《とおやま》雪花……！

「貴様、銃を持っているな？　自分は鼻が利くのでな、ニオイで分かるぞ。よこせ」

そう言って左手を突き出してきた、俺と同じ長所を持つらしい雪花は……

戸籍上の年齢はどうか知らないが、二十歳《はたち》過ぎぐらいに見える日本美人。

濡《ぬ》れたように黒い、ストレートロングの髪。それを一片《ひとひら》の雪か一輪の花みたいな白い紙リボンで結い、軍帽の下の前髪やサイドはキレイに切り揃えてある。

白くハリのある頬《ほお》と、高すぎずキレイにスジの通った鼻。キッとツリ上がった眉と長い睫毛《まつげ》に縁取られた眼《め》は鋭く、それこそ抜き身の日本刀を思わせる目力がある。

こっちが命の危機にあるのに集中力を奪われるのは……行った者と来た者のバランスが取られたかのような、エンディミラに匹敵するそのプロポーション。雪花のカラダは昔の女性とは思えないほど、凹凸《おうとつ》がハッキリしてる。

仕立ててから本体が成長したと思《おぼ》しき白い海軍服は、その肌を不可侵のものであるかのごとく包み隠しつつも——雪花の女性的なボディラインに合わせてパッツパツになっている。胸なんかは、金ボタンが弾《はじ》け飛んでしまいそうだ。

「銃をよこせ……って事は、あんたは持ってないんだな？　刀を突きつけて優位に立ったつもりらしいが、それならこの場で有利なのは俺だ。怖い思いをしたくなければ——」

帯銃している俺は、エンディミラが去り際にくれたキスで得た血流による推理を語るが、

「ハハッ！　貴様の何が怖い？」

雪花《せつか》は冷徹な笑いで、俺《おれ》の強気を一蹴する。

「確かに貴様は銃を扱う者のようだが、人を殺したことはないだろう」

「何……？　どうしてそんな事が分かる」

「目を見れば分かる」

……マジかよ。なんて洞察力だ。

それ以前にも雪花は、ほんの数秒で俺をニセ軍人だと見破っている。金モールの飾緒《しょくちょ》を胸に垂らしているからには、参謀職に関係する——情報のエキスパートなんだろう。

つまり雪花は海軍の軍服を着ていても軍艦乗りではなく、エンディミラのいた土地への潜入調査を行う諜報員《ちょうほういん》のような武官だったと考えられる。彼女の『自分』という一人称も主に陸軍のもので、海軍では雪花がさっき所属してると言った特別根拠地隊、米軍でいう海兵隊のような精鋭の陸戦隊で使われていたものだしな。

だとすると、雪花は地上戦に於《お》いてもエキスパートだ。こっちに銃があるからといって、すぐに仕掛けるのは危ないかもしれない。

よし、ここはトークで繋《つな》いで隙を見つけよう。俺は割とこの戦術が得意なんでね。

「銃を渡そうにも、刀を突きつけられてちゃ身動きが取れないぞ。まずは——」

「ではもういい。死体から自分で取る。死ねィ」

「えっ、ちょっ」

──ヒュッ──ザシュッッッ──！！！

雪花が振りかぶった軍刀が一閃《いっせん》し、その物打ちが俺の首に横から炸裂《さくれつ》して、ドダァン！

フッ飛ばされた俺の頭が壁に激突し、跳ね返って、体が倒れた。

ウソでしょこの人！　躊躇《ちゅうちょ》無く首斬ってきたよ！　人の命を何とも思ってない！

「……う……！　ゲホッ……」

マジで首を落とされたかと思い、触って確かめちゃったが……

よかった、まだ繋がってる。

キツネ巫女《みこ》の伏見《ふしみ》がくれたこの詰襟《ツメエリ》の軍服には、防弾防刃繊維《ツイステッドナノケブラー》が織り込まれてたらしい。

でもそうじゃなかったらマジで死んでたぞ。今のは。

……怖い！　旧日本軍人、怖すぎる！　ヤクザより怖い！

「ほう。この和泉守兼定《いずみのかみかねさだ》でも斬れぬとは。貴様、何か着込んでいるな？」

「い、いきなり斬るとか……なんて気が短いんだ、あんたは……！」

「すぐ殺さねば殺される。教練で最初に習う事だろう」

ヒュラッ、チャキッ。と、ノールックで鞘《さや》に刀を納めた雪花は、銘刀《めいとう》でも斬れなかった俺を前に──

構えた。徒手で。

斬殺できないなら、撲殺しようってことですか。攻撃以外のコマンドが無い、バグったゲームキャラみたいな人だな……！

「尺余《しゃくよ》の銃は、武器ならず。寸余《すんよ》の剣《つるぎ》、何をかせん。無寸《むすん》の拳《こぶし》、大いに好《よ》し」

……なんとなく分かったけど、そのセリフ……

ジーサードの『剣は銃より強し《Sword beats guns》、拳は剣より強し《Fist beats swords》』と同じやつじゃん。あのアホ理論、遠山《とおやま》家では2代前にもう成立してたのね。

でもそう前置きしての素手攻撃は、銃を奪うためのものなんだろ？　そこも、やっぱり雪花《せっか》が遠山家の人間なんだなと思わせてくる天然さだ。

　雪花が取った構えは、片膝を突き、前方を睨《にら》みつつ上半身を大きく前に倒し、後退翼のように両腕を後ろに広げるもの。

　こ、これは……

（……秋花《しゅうか》……！）

　遠山家の攻技《こうぎ》、秋花だ。間違いない。

　それは秋草《しゅうそう》と秋水《しゅうすい》を前提技とする、秋三技《しゅうさんぎ》の最終形。足で地面に寸勁《すんけい》を打ち込む秋草でいきなり飛びかかり、ラグビーのタックルみたいに敵を抱きかかえ、壁に叩《たた》きつけながら体当たり技・秋水で潰す技だ。喰《く》らった敵は壁に飛び散って、巨大な赤い花みたいになる――とか、実家で読んだ巻物に書いてあった。

御免だぞ、そんなの。対抗しないと……！　こいつは――降って湧いた、遠山家同士の討ち合いだ……！

さっきの斬撃で倒された俺《おれ》は今、這《は》うような姿勢。

だから雪花は、俺を持ち上げながら壁へ運ぶつもりだろう。

想定できる情報はそれぐらいだ。そこから、俺は秋花に対抗できそうな防御技を脳内で検索する。防秘技《ぼうひぎ》、伍絶六捷《ごぜつろくしょう》——絶宮《ぜつぐう》、絶牢《ぜつろう》、絶弦《ぜつげん》——瓦捷《がしょう》、不捷《ふしょう》、兆捷《ちょうしょう》——頭をよぎる技はどれもダメだ。倒れた体勢からじゃ、マトモに出来ない。何か、何か無いか……!?

雪花は考えるヒマもろくに与えてくれず、

「——散れィ！」

そう叫んで——ドンッ——！　飛びかかってきた！

（……ば、万旗《ばんき》ッ、これしかない！）

俺はナイアガラで父さんが見せた、だが自分では一度も使ったことの無い防技《ぼうぎ》の使用を決断する。原理的に伏臥《ふくが》姿勢からでも正しく出来そうな技が、それしかなかったからだ。

万旗は極微細な振動を体内で1万回起こし、衝撃を1万分の1ずつに分けて受け止める古秘技。父さんは1秒間で出来ていたが、俺は3秒はかかるだろう。間に合うか——!?

バッ！　と、俺を掬い上げるように全身をぶつけてきた雪花の勢いを——

ジリジリジリジリジリッ！　俺は体内でベルが鳴るような感覚の、自励《じれい》振動で受ける。

大慌てで、1万分の1ずつ相殺のメーターを回していく。1000、2000、3000、

4000——！

（……ッ……）

しまった……ッ！

焦ったせいで、4798回目でしくじった。衝撃を吸収するバネとなるべき体の振動のベクトルがズレて、以降が全て空振りになってしまっている。

雪花《せっか》の秋草《しゅうそう》タックルの勢いは半分ほど削《そ》げただけだ。

おそらく秋花《しゅうか》は、威力が3割残れば俺《おれ》を殺せる……！

——バガァァァァァァアン！

俺の背はエンディミラがその奥へ消えた扉をブチ破り、暗く殺風景な奥の部屋、その壁へと水平に飛んでいく。俺の腰をガッチリとクラッチした、雪花と共に。

しかし、失敗した万旗がそれでも活《い》きた。そもそも低空を床とほぼ水平に飛翔していた雪花と俺は、その勢いが半減した事で地面に足を擦り始めたのだ。まだ壁までには距離がある。それはつまり時間があるという事だ。その時間で、一手打てるぞ。

「——散らせるものなら……散らせてみやがれッ！」

叫び、俺は足を使った橘花《きっか》で衝撃を床に逃がす。その反動で、床からは何やら煌《きら》めく粉……金粉……？　が巻き上がる。

勢いを失った俺と雪花の体は、暗がりの中で急減速して——どたァんッ——！

さっきエンディミラを行かせ、この雪花を来させたのであろう直径５ｍほどの魔法円の中に倒れた。ちょうど、俺が後ろに押し倒されたような体勢で。

床に後頭部を打ち付けた俺は……朦朧《もうろう》とする頭で、思う。

なんとか不発に終わらせたが、そもそも——

なぜ、雪花が、秋花を使えるんだ⁉

秋草・秋水《しゅうすい》は、修行すれば非ヒステリアモードでも低威力のものが使える。だが巻物によれば、秋草を加速に使ったり、敵を壁に叩《たた》きつける瞬間に秋水を使ったりすること——秋花の一部として使うには、返對《へんたい》すなわちヒステリアモード化が必須とされていた。

そして雪花は、女だ。

去年かなめが実証したが、女はヒステリアモードで弱くなる。男がどうしても守りたくなるような保護欲を掻《か》き立《た》てるのが、女のヒステリアモードのはずだ。雪花はどうして今、ヒステリアモードでなければ使えない技を使えたのか……⁉

朦朧《ピヨり》状態に陥った俺に、その凹凸に恵まれた身体《からだ》でのし掛かっている雪花は……

「……？」

鋭く美しい眼《め》の眉を、キュッと寄せた。おそらく、秋花を失速させられた事を不可解に思ったのだろう。とはいえその原因がすぐには分からず、分からないものは深く考えない性格らしく……すぐに俺の腰周りを的確に探り、当初の目的通り拳銃を奪い取っていく。

「やはり米英の手先か。見た事のない銃だ。ふむ。こっちは口径が大きいな」

立ち上がった雪花《せっか》はベレッタとデザート・イーグルを抱っこして、少し手間取りつつもマガジンを抜いている。

そしてこっちに背を向け、長い黒髪を白い紙リボンごと揺らし……暗いこの部屋から、さっきの部屋へと戻っていく。灯《あか》りの下で残弾数を確認するためだ。マズい。マズいぞ。

雪花は弾が十分あることを確認し次第、振り返って俺《おれ》を撃ち殺すはずだ。

「か、返せ……ッ……！」

返せと言って返す相手じゃない事は分かってるし、転倒のダメージで足下が覚束《おぼつか》ないが、
それでも俺は起き上がって雪花の方へ向かう。

その俺のつま先に——魔法円の線や文字を形成していたもの……金色の、針金……？

が、引っかかった。

そして、

「——うぉッ……！」

俺はバランスを崩して、前のめりに転んでしまう。こっちに背を向けたままの雪花に、
両腕を突き出したまま。

そしたら、その俺の両手が。偶然に。

決して、狙ったワケじゃないんだけど——

雪花の腰ベルトと刀帯《とうたい》を掴《つか》んでしまい、ずるりんっ！

「！」

「！」

軍服の白ズボンを、ズリ下ろしちゃったよ！

ぺろーんと剥《む》くみたいに、思いっきり！　膝の裏あたりまで！

やっちゃったよ、このあいだ蘭豹《らんぴょう》にやったのと同じ不幸ムーブ……！

俺、これを年上の女性にやらかす新たな芸風を身に付けつつあるの？　まだ進化するの俺は？

３Ｄ画像のようにパーンッと飛び出た雪花のヒップは、左右均等に美しい曲線の輪郭を描き、骨盤の張り出しも大きく、俗に言う安産型。通常の男子なら１００点満点を、俺はマイナス１００点満点を与える、いずれにせよの満点ヒップと言える。

こっちの目玉も３Ｄ画像のごとく飛び出てしまいそうな事に、そのオシリが引っかけるように咥《くわ》え込んでるのは——イバラのような未詳の植物が鉤針《かぎばり》編みされた、総レース地の、俗に言うＴバック。なぜかカッティングは非常に細く、ちょっとしか無い布の部部も肌が透けて見えてるほどに薄い。スゴイ下着つけてるなオイ……！

「〜〜〜〜〜〜〜!!　この、奸賊《かんぞく》めェエェッ！」

真っ赤になり、大慌てでズボンを上げた雪花は、リボンの黒髪をぶうんっと振って——

振り返りざまの、痛烈なローキック。うつぶせに倒れていた俺《おれ》をそれで仰向《あおむ》けに裏返し、げしげしげしげし！　と、黒い革靴で踏み蹴《ストンピング》りしまくってくる。

「死ね！　死ねェいッ！　貴様なぞ平らに踏み潰し、熨斗烏賊《のしいか》にしてくれるゥッ！」

「痛い痛い！　わざとじゃない、わざとじゃないんだってッ！　あと原料が俺なんだからのしてもイカにはならないッ！」

という、俺・暴力女子（主にアリア）間での定番の攻防をしていると――

――ピタッ……

「……ッ……」

雪花《せっか》は俺を踏みつける足を止め、ドアの方へ振り向いた。

その目付きは、ドアの向こう――伏見《ふしみ》と玉藻《たまも》や白雪《しらゆき》、政治家らしき面々や不知火《しらぬい》たちがこぞって軍服姿で待機していた会議室――そこの気配を探るようなものだ。

「扉の向こうにいる者たちの数が増えた。武装した者たちだ。総勢15人ほどになったな」

会議室には10人ほどがいたが、待機していたと思《おぼ》しきアリアたちが出て来たのなら――

雪花の発言は勘定が合う。

しかしアリアたちも武偵《ぶてい》なので、この状況下で声や足音を立てたりする事はないだろう。

少なくとも俺には何も聞こえなかった。

「……透視能力でもあるのか」

あるかもしれないので尋《たず》ねると、そうではないらしく――

「気配がする」

と、雪花が返してくる。

「読めるのか。その、気配が」

「読めん者など、軍にはいない。読めねば死ぬからな」

いない、というか、いなくなる、って事か。それがあの時代の軍人なんだ。

雪花はスッと筋の通った鼻を扉の方へ向けて、スンスン。ニオイで敵の増員を確認したらしく……

「立てィ」

ネコ掴《づか》みした俺を盾にするように立たせ、ゴリッ。

俺の頭に、俺のベレッタを突きつけてくる。

「貴様がアメリカの手先なら、人質は良い手になる。米兵は自分の命を危険に晒《さら》そうとも仲間を見捨てん連中だからな。ククク、愚かなヤツらよ」

うっわ、悪どい顔……！

「この拳銃の存在で、ここが現世《うつしよ》である事は分かった。ただし自分は玲《レ》方面にて約1年を過ごし、往還に際しては数月乃至《すうつきないし》1～2年ほどの時を超える場合のある事、帰還地もまた必ずしも出発地となった横須賀《よこすか》には限らぬ事を軍令部に聞かされている。つまり今ここが何時《いつ》の何所《どこ》なのか、自分にとって定かではないのだ。改めて尋《たず》ねる。今は皇紀何年、昭和何年か。ここは日本領か、否か。いくらスパイの訓練で日本についてズレた事しか習ってなかったにせよ、それぐらいは答えられるハズだ。吐け、吐かんかッ」

雪花《せつか》は拳銃を俺《おれ》の頭にゴリゴリ押しつけながら、改めて尋問してくる。

「ズレてるのはそっちだ、今は平成22年だッ」

「ヘイセイ？　デタラメを言うな、このニセ軍人め！」

「あんたこそニセ軍人だろ！」

「何ィ？」

「俺がそっちの事を何も知らないと思うな。その襟章《えりしよう》と肩章《けんしよう》は中佐の印だ。日本軍で女が中佐になんかなれるもんか」

中佐とは、軍隊の上層部。海軍なら、名のある巡洋艦の艦長を任されてもおかしくないレベルだ。雪花が胸にU字形に垂らしている金モールの紐《ひも》飾り――飾緒《しよくちよ》と呼ばれるものは参謀職の印でもあり、官僚出身の特務士官ならその若さで中佐になれる可能性もある。

だがそれも、男だったらの話だ。旧日本軍にも通信兵や衛生兵に女性はいたが、少数で、高い階級は与えられなかったのが実情だ。当時の男女は、今より遥《はる》かに同権ではなかった。

そしたら、

「――ああ、なれぬだろうな。しかし、自分は男子だ。従って、なれるのだ」

とか、雪花が言うんですけど。

いやいやいやいや。

その美貌で男はムリでしょ。

ていうかさっきズボンを偶然ズリ下ろしちゃった時、俺は雪花の身体《からだ》の構造が１００％完全に間違いなく女性だという事を不幸にも目視確認してしまっている。つまりカナとかクロメーテル的なアレでもない。

「なに言ってるんだ、こんな美人が男のワケないだろッ」

「……び、びじ……男だッ！　肉体は女かもしれんが、男女を決めるのは肉体ではない。精神である！」

「肉体だ！　と言い切るべきではない時代がもうすぐそこまで来てはいるが……」

「――戦時ゆえ、自分は幼少の頃から男として育てられた。女扱いなどされた事はない」

自分のまあるい胸に手を当てながらも、頑《かたく》なにそう言う雪花の態度から――

ヒステリアモードの俺は、ある事実を見抜いてしまう。

これは演技や冗談ではない。

雪花は、本当に自分を男だと思っている。多分、性同一性障害みたいな状態だ。

今の発言によれば、雪花は人為的にそうならされたんだ。戦争のために。

「じゃあ、もうそれはそれでいいが……俺を人質にしても、あんた１人じゃすぐ詰むぞ」

「敵地に出現させられて孤軍奮闘する事態も想定していなかったワケではない。大和魂を以《もっ》てすれば、帝国軍人は1人で100万の敵にも打ち勝てるのだ。そこの扉を開けィ」

どうして日本が負けたのかよく分かるような精神論をブチ挙げながら、雪花《せっか》は俺《おれ》の頭に銃を向けたまま、会議室へ続くドアの脇の壁際に身を隠す。ドアノブを回した瞬間にドアごと機関銃とかで撃たれたりするのを警戒してるんだな。用心深いこって。

俺はドアノブに手を掛け……

「おい、今からドアを開けるぞ。物音がしたから色々想像したと思うが、大体その想像の通りの事態になってる。あー、撃つなよ？」

ドアの向こうにそう声を掛けてから、カチャ……と、開ける。

会議室では——

漆塗りの長いテーブルについたままの白雪《しらゆき》や不知火《しらぬい》、並んで座ってる政治家らしき大人たちがハラハラした顔でこっちを見ていた。将官姿の老人だけは相変わらず起きてるのか寝てるのか分からん様子で、杖《つえ》を突いたままお誕生日席に着いてるが。あと玉藻《たまも》・伏見《ふしみ》のキツネ将校たちは机の下に隠れてたが、シッポがハミ出て見えてる。

そして——雪花が見抜いた通り、アリア、理子《りこ》、レキが室内の左、右、奥に出てきてるな。それぞれ海軍中尉、少尉、少尉の第二種軍装姿で。

銃口を向けたりはしてきていないが、アリアと理子は見える位置にホルスターを提げて帯銃し、レキもSVD《ドラグノフ》を抱っこしてる。敵を過剰に刺激しないようにしながらも、威嚇・牽制《けんせい》はしておく態勢だ。

「想像の通り？　想像以下よ。キンジあんた、銃を取られるとかバカなの？　風穴」

「お前に始まって……どうしてこう、俺《おれ》の周りには困った女ばっかり現れるかね？」

イヤミを言われたんで言い返してやる俺だが、自分の銃を突きつけられてちゃカッコもつかないな。

それから、俺を盾にしつつ会議室に侵入してきた雪花《せっか》の姿に——大人たちが、「本当に現れた……っ！　写真で見た通りだ」「あれが遠山《とおやま》中佐か」「き、危険ではないですか？」などとザワつき、

「あーあ……みんなで軍服に着替えたのも、意味が無かったみたいだね……」

苦笑いしつつの不知火《しらぬい》の額にも、汗が滲《にじ》んでる。

どうやら皆さん、もうちょっと俺がうまくやれると思っていたらしいけど……ご期待に添えずスミマセンね。ていうか、ロクに説明もされなかったんだからしょうがないだろ。説明されたら俺もこんな役回り絶対やらなかっただろうから、しなかったんだろうけどさ。

室内の様子、それとアリアたちを軍帽の鍔《つば》の下から鋭く見回した雪花は——

「やはりな。このように真っ白な照明など、日本には無い。それに先刻《さっき》の部屋と温湿度《おんしつど》が違う。空気調節設備のような贅沢品《ぜいたくひん》がある基地となれば、米国領に違いあるまい。フンッ。

貴様ら、ひなあられのような髪の色をしおって。そのような帝国軍人はおらんわ」

そう言って、アリアたちを鼻で笑ってる。

まあ、俺もアリアたちの旧日本軍人の姿はムリあると思うよ。色的に日本人っぽくない
アリア・理子《りこ》・レキは、事が穏便に済みそうならそのまま出さない予定だったんだろうね。

「銃を捨てろ、ひなあられ共。おかしな動きを見せれば、コイツを撃つぞ」

雪花はそう言って、俺の後頭部にグイッと拳銃《ベレ》を突きつけ直す。

そしたら、ひなあられちゃん達《たち》は——

「撃つ？　撃っても弾を掴《つか》み取《と》るわよ、キンジは」

「ナイフで弾を切って間をスリ抜けたりもするんだよー」

「指で挟んで逸《そ》らしたりもします」

「おいアリア理子レキ、お前らそれ、撃つように煽《あお》ってないか……？」

コントみたいな掛け合いになっちゃってるよ、俺と。けっこうマジでピンチなのに。

「アリア？　やはり欧米人の名だな。だが今の日本語に不審な発音は無かった。貴様らは
おおかた、占領地でこの稚拙な作戦に使われた日系人であろう。見逃してやるから去れ。

残った者は全員、敵軍属と見做《みな》して斬り捨てる。捕虜は１人で十分なのでな。同族の誼《よしみ》で、
慈悲深く５秒間待ってやる」

などと雪花が無慈悲な事を言い出すもんだから、室内は再びザワザワし——４秒後、

「せ、雪花《せっか》っ。どうどう！」

「落ち着けコンっ……！」

机の下から、伏見《ふしみ》中佐と玉藻《たまも》中佐が諸手《もろて》を挙げながらぴょこぴょこと顔を出した。

その軍帽の穴から飛び出てるキツネ耳を見た、雪花は――

「……た、玉藻様、伏見様……!? いかがなされたのですか、この者どもに捕らえられているのですかッ。早くこちらへ。お連れして、白兵戦にて脱出致します！」

とか、慌てた様子になってる。どうやら雪花と伏見・玉藻は70年前に知り合いだった仲らしい。

さらにそこへ、ガタッ！　お誕生日席に座っていた老人が――杖《つえ》に頼らず立ち上がり、

「――中佐殿ォ！」

声を裏返らせて叫び声を上げたもんだから、みんなビクッとそっちを向いてしまう。

突如背筋を伸ばした老人は皺《しわ》だらけの顔の中に埋もれていたような目をカッと見開き、ビシッ！　と――直立不動の姿勢で、つま先を僅かに開き、顎を引き、脇を少しだけ開き右腕を挙げ、手の指を揃《そろ》え、帽子の鍔《つば》の近くまで伸ばす――旧日本海軍式の、挙手注目の敬礼姿勢を取った。階級に『殿』を付けるのは陸軍式だが、彼はきっと元海軍軍人だ。

「……も……諸星《もろぼし》……か……!?　な、なぜ、そんなに老け込んだのだ……!?」

それを見た雪花が、ギョッとした声を上げている。

どうやらこの老人……諸星氏もまた、雪花の知り合いなんだ。それで来てたんだな。

「中佐殿！　再びお会いできた事、光栄であります！　自分が年老いたのは、今この時が、中佐殿がご出征なされてから、長い時が流れた後だからなのでありますゥ！」

軍服姿の諸星老人が敬礼したまま大声でそう告げ、それに乗じて俺《おれ》も、

「俺が最初から言ってるだろ、ここは平成22年——西暦２０１０年の日本だ！」

半分振り返って、雪花にそう教えてやる。

それでも雪花はまだ戸惑いながら、

「そ、それなら、他人の空似かとも思ったが……そこの少尉の君《きみ》は、麻相《あそう》家の亮朗《よしろう》君ではないか？　自分は駐独《ちゆうどく》時代、遊学中の君をベルリンで見かけた事がある。君はあの時より老いてはおらぬ。これをどう説明する」

不知火《しらぬい》を示して、そんな事を言っている。

「ああ……それは僕の曾祖父《そうそふ》だよ。彼を知る人からは生き写しだってよく言われたけど、姓も違うし。僕は不知火亮《りよう》。遠山《とおやま》雪花さん、あなたが人質にしてる彼は——遠山キンジ。あなたの弟さんの、孫なんだ。銃を向けるのはやめてあげてくれないかな」

この事態の内幕を少なからず知っているっぽい不知火も、どうも雪花が知る人間の子孫としてここにいるらしい。

しかし、その不知火の説明を受けても、

「ま、鐵《まがね》の……？　そ──そんな話があってたまるものかっ。この男は米英の手先で、今さっき強引に自分の服を脱がそうとしてきた奸賊《かんぞく》なのだ！」

雪花《せっか》は頑《かたく》なに事実を受け入れようとせず、しかも余計な事を付け加えるもんだから──

「わぁお！　さすがキーくん、出会って４秒で手を出すぅ！」

「キンジあんたまたやったの⁉」

「いいや40秒は優に経《た》ってたから！」

「……」

「雪花さんは四親等だからいいの！　だから私もいいの！」

理子《りこ》が風評被害を立てるわ、アリアは軍帽をジャンプさせてピンク頭を噴火させるわ、俺《おれ》は自己弁護しなきゃならんわ、レキがゴミ虫を見るような目で俺を見てくるわ、白雪《しらゆき》はアリアたちに謎のキレ方をするわ、この場がいつものバスカービル劇場になってしまった。

しかしその様子も含め、事態があまりに不可解なのと──知り合いの誰も彼もが揃《そろ》ってウソをついてるワケではなさそうな事までは、雪花もその鋭い洞察力で理解したらしい。

「騒ぐな！　キヲツケぇイ！　よ……ょうし、３分間だけ待つから、この基地から歩哨《ほしょう》を退去させろ。とにかく自分をここから出し──日本領、内地、東京《とうきょう》は霞ヶ関の軍令部まで連れて行け。自分には何としても大本営に報告せねばならん事があるのだ。報告は自分に下された軍令であり、軍令は絶対である」

雪花は俺に銃を突きつけたままではあるものの、少し冷静になって一同にそう言う。

──軍令は絶対──

70年近く前に自分に下されたのであろう命令を、忠実に守るために。

もう、その命令を下した軍は無いのに。

要求通り人払いがされた広い通路を渡る間も、雪花は周囲への警戒を怠らない。

他のメンツは会議室に置き去りにされ、雪花と共に出たのは人質の俺と、案内役として指名された不知火《しらぬい》だけ。エンディミラのいた『そこ』から来た雪花のためにあれこれ準備していたらしい部屋も全てスルーで、まっすぐ出口を目指す。で、

「窓が一切無いところを見るに、ここは地下のようだな。よし、ラッタルへ案内せよ」

雪花はああしろこうしろとキビキビ命令してくるんだが、

「ラッタル？」

「階段の事じゃないかな」

ジェネレーションギャップのせいか言葉が所々分からず、俺と不知火は時々困る。

「ここは地下18階とかだよな？　下りはともかく、上りはめんどいな」

「Ⅱ級国家機密の施設だから、構造もできるだけ内緒らしいけど……確かエレベーターはあったと思うよ」

「むっ、この基地にはエレベヱタアがあるのか。まるでデパアトだな。よし乗せろ。乗りたい」

俺《おれ》と不知火《しらぬい》の話を聞いて、雪花《せっか》はそんな事を言い……不知火が案内したエレベーターに俺たちと一緒に乗る。

乗り込む時はワクワク顔で、乗ってる時は緊張顔なところを見るに、エレベーターとは雪花の時代では珍しい、憧れのものだったっぽいね。

そうして俺たちは地下6階、コンクリート壁のだだっ広い空間に上がる。

そこで雪花と不知火が「乗用車。長くは待たんぞ」「はいはい」などと遣《や》り取《と》りして、待つ事しばし。この場に、不知火が白いプリウスを回してきた。

そしたら雪花は、思いっきり軍帽の下の眉を寄せてる。

「むう……」

「今度は何だよ」

「これは本当に乗用車か？　形が奇妙すぎる。それにエンジン音も排煙も無いのはなぜだ。戦地で使われたら、皇軍は接近に気づく事ができぬぞ。アメリカの新兵器か」

「バリバリの日本車だ。トヨタだよ。確かにハイブリッド車は音がしないんで、俺も時々轢《ひ》かれそうになる。あんたも気をつけろよ？」

「トヨタだと？　騙《だま》すならもっと真実味《しんじつみ》のある話を作れ。トヨタ自動車工業は陸軍向けのトラックを作る会社だ。それ以外の車輌《しゃりょう》などロクに――」

「だから今はそれから半世紀以上経《た》ってるんだってば。今のトヨタは世界一の販売台数を誇るブランドだ。乗るのか乗らないのか。ここはたぶん東京湾《とうきょうわん》にある人工島の地下だが、都心に出たいんなら車じゃないと行けないぞ」

「……査察する。自分を乗せるなり自爆されてはかなわんからな」

雪花は用心深く、俺を銃で小突いてプリウスの助手席ドアを開けさせる。

そして不知火がいる運転席を覗《のぞ》き込《こ》み、左手で軽くダッシュボードを探って――

「これは……驚きだな。車輌に暖房がついているとは。んっ？　クラッチが無いぞ」

「オートマだ。今日日マニュアルなんか希《まれ》だ」

「……？　……？」

雪花は俺の話が理解できず、目を白黒させてはいたが……

「麻相《あそう》……否《いな》、不知火亮《りょう》。銃を持っているだろう。ここに捨てていけ」

不知火に命じ、ドアからH&K Mk.23《SOCOM》を車外に置かせて、自分は後部座席に乗り込んだ。

俺には助手席に座るよう、ベレッタで促しながら。

両膝を開いてどっかり着席した雪花は、外した軍刀をヒザの間に杖《つえ》の如《ごと》く突き、柄頭《つかがしら》に白手袋の両手を重ねて置く。映画なんかで軍人がやる、威風堂々とした座り方そのものだ。

「出せ。海軍省の大本営軍令部へ行くのだ」

俺《おれ》の拳銃を軍服の背後に収めて言う雪花《せっか》を乗せて、プリウスは殺風景なコンクリートのトンネルを上がっていく。

「あのなあ。だから海軍とか大本営とかはもう——」

ルームミラー越しに俺が半ギレで言いかけたのを、不知火《しらぬい》がそっと手で制してきて……

「彼女が知らない歴史については、防衛省戦史研究センター長と早川《はやかわ》環境副大臣が教える仕切りになってるんだ。下手にショックを与えないよう、注意を払いながらね。検疫とか食事の予定と順序が入れ違っちゃったけど、その会合を霞《かすみ》が関《せき》の庁舎でやる事になった」

と、小声で言ってくる。武偵《ぶてい》のマバタキ信号で『連絡済み』と付け加えながら。さっきこの車を取りに行った時、携帯で関係者に連絡を取ったんだな。

霞が関は昔も今も官庁の拠点。場所が同じなのを逆手に取って、海軍省に行くそぶりで雪花をこっちの関係者がいる庁舎に連れていく事にした……って事か。なるほどね。

そして今の話でピンと来たが、あの会議室にいた政治家の1人は、早川まこ環境副大臣。タレント出身で、『美人すぎる国会議員』とかテレビで持て囃《はや》されていた妙齢の女性だ。彼女も後から霞が関へ来るって事か。

ただ、防衛省はともかく環境省がこの件に絡むのは少なからず不可解だ。まあ政府筋のやることが腑《ふ》に落ちないのは、いつもの事だけどな。

「コソコソ話すな。男なら堂々話せィ」

軍帽の下から鷹《たか》のような目で俺たちを睨《にら》む、雪花は——

まず間違いなく、大規模な視界外瞬間移動《イマジナリ・ジャンプ》の副作用で時間を大きく跳び越えてしまった人物だ。俺が知る限り、空間に関与する超能力は時間にも関与するらしいからな。

つまり彼女は過去から現在へ漂着したようなものなので、まず多くの事を説明して理解してもらう必要がある。そうしないと、保護する事さえ難しいだろう。

その機会を取るため、霞が関を目指すプリウスは——初めは細い専用トンネルを通り、工事車輛《しゃりょう》の出入口に見せかけた穴から非常駐車帯に出て、そこからしれっと走行レーンに乗った。

二車線、一方通行、そして先が見渡せないほど長いトンネル。

来た時の見立て通り、東京湾《とうきょうわん》アクアラインだ。

やはりあれは人工島《じんこうとう》・海《うみ》ほたるの下に造られた政府系施設だったんだな。多分ヤバめの超能力《ステルス》系の実験場で、事故が起きても首都に被害が及びにくい場所に造ったって事だろう。

プリウスは一般の車やバスを追い越したり追い越されたりしつつトンネルを出て、夜の川崎《かわさき》浮島ジャンクションを折れ、羽田《はねだ》方面へ向かう。

雪花は道路の上方にある青い案内標識の『東京』『横浜《よこはま》』『川崎』といった地名を見て、一旦は嬉《うれ》しそうな顔をした。だが首都高湾岸線《しゅとこうわんがんせん》に入って道路が少し混んでくると……窓の外を見てまた驚くような顔になり、白ズボンの足で貧乏ゆすりを始めた。

車道の左右には防音のための植え込みぐらいしか無いのに、何が見えてるんだ？

「高速道路が珍しいのか？」

俺《おれ》が振り向いて尋《たず》ねると、

「……この弾丸道路にも驚いたが……道を行く車輌《しゃりょう》の数があまりに多い。なぜだ」

「多いか？　今日は空《す》いてる方だと思うぞ。首都高《しゅとこう》じゃ渋滞で車が丸っきり動かなくて、歩いた方がマシって事もザラだしな。ああもう、貧乏ゆすりはやめてくれよ。こっちまで落ち着かない気分になる」

「それはスマートではない言い方だ、金持ちゆすりと呼べ……うおぅッ!?　B－29らしき大型機を見ゆ！　空襲かッ！　この地域は何号防空壕《ぼうくうごう》に行くのだ!?　とにかく急げッ！　くそうッ、灯火《とうか》管制は一体どうなっている！」

急に大声で喚《わめ》き始めた雪花《せっか》に、俺たちもビビり――彼女が凝視してる方向を見ると……夜空で、羽田《はねだ》にアプローチしているジェット機が街灯りに照《あか》らし出されていた。

「……違うって。あれはB747。尾翼のマークは、アメリカン航空だな」

「アメリカ!?　なら敵機であろうが！」

「敵じゃないんだよ、今は」

「ア、アメリカが、敵では、ない……？　しかしここの地名は、正《まさ》しく帝都の……」

愕然《がくぜん》とする雪花は、軍帽の下に汗を滲《にじ》み出させている。いちいち説明しなきゃならない俺から出るのは、溜息《ためいき》だ。不知火《しらぬい》も苦笑いしてるよ。

プリウスは俺たちの地元・台場《だいば》に入り、臨海副都心が見えてきて——パレットタウン、ヴィーナスフォート、東京《とうきよう》ビッグサイト、レインボーブリッジ——

「……う……うう……」

それらのギラギラ輝く街並みを目の当たりにした雪花は、オーバーヒートしたみたいに目をグルグルさせてる。

地名が同じでも戦時中とは光景が全く違うんで、ここが東京だって事が実感できないんだろうな。

歴史説明会は先だが……と、俺は不知火の方を向き、

「……これは少し、俺たちで前説《まえせつ》をしてやった方がいいんじゃないか？　まず自分がいる場所の得体が知れないんじゃ、不安すぎて何聞かされても頭に入ってこないだろ」

「そうっぽいね。ちょっと一般道に出て、生活感のある町を見せてあげよう」

不知火も頷《うなず》いて、車を芝公園《しばこうえん》出口で高速から下ろし——麻布十番《あざぶじゆうばん》の、住宅や商店が多い辺りを流すように走らせ始めた。

雪花は建物の合間に見える東京タワーや六本木《ろつぽんぎ》ヒルズにはギョッと目を剥《む》いていたが、

「ほら、よく見てみろよ。道を歩いてる会社帰りのサラリーマンも、ファミレスの店内でお喋《しやべ》りしてる女子高生も、みんな日本人だろ。ここは日本、多分あんたが最後に見たのの

約70年後の東京《とうきょう》なんだ」

「……70年後……」

町中《まちなか》の人々が確かに日本人なので、ようやくそこが飲み込めたような顔になってくれた。

まだ、驚きと緊張は止《や》まないみたいではあるけどな。

そして、信号で停《と》まったプリウスの窓からマックの看板を見て、

「……マック・ダーナルズ……？」

眉を寄せ、McDonald'sの文字をフシギそうに音読してる。

「その方が発音としては正しいけど、日本人はマクドナルドって呼んでる」

「あの店の他にも多数あったが、なぜ敵性語の看板が東京に堂々と掲げられているのだ」

「なぜって言われても……マックはアメリカの会社だからな……」

「アメリカの航空機が空を飛び、アメリカの店が多くある……ということは、帝都が……占領地になっているのか？　この、70年後の日本では」

「そうじゃない。日本は独立国だ」

俺《おれ》の言葉に、姿勢良く座ったままの雪花《せつか》は……

……フゥーッ……

やっと心の底から安堵《あんど》したような、深い息をついた。

「ここが未来の東京である事、諸々《もろもろ》の事象から諒解《りようかい》した。つまり――日本は大東亜戦争に

勝ったのだな。驚いてはいけない事だが、驚いたぞ。あの国力差を覆して勝利するとは。やはり、大和魂に敵《かな》うものなど地球上に存在しないのだな！　ハハハッ！」

行き交う車。看板のネオンサイン。それらの光を窓から浴びる雪花の無邪気な笑顔に、俺は薄ら寒いものを感じ……

「なに笑ってんだ。日本は戦争に――」

そこを言いかけた所で、不知火《しらぬい》のアイコンタクトに気づいた。『それは言わない方が』という視線だ。

そう……だな。

戦争中の人間は、何もかもを戦争のために犠牲にしていた。夢も、自由も、命さえも。雪花はその時代の人間。しかも軍人だ。

敗戦の事実を軽々しく話して強いショックを与えたら、何を考え、どんな行動に出るか分からない。けっこう短気な人だし、何より――銃や刀を持ってるしな。

そもそもそこを上手《うま》く伝えるために、歴史家や政治家を招いての会合に向かってるんだ。ここは、何も言わないでおこう。

そう俺が心に決める中――プリウスは六本木《ろっぽんぎ》を抜け、溜池《ためいけ》経由で霞《かすみ》が関《せき》に入る。

「おお、帝国議会新議事堂だ。あれは変わっていないのだな。よし、ここで下ろせ。後は自分の足で海軍省へ赴く」

財務省上交差点に差しかかった辺りで、雪花《せっか》がそんな事を言い出すので……

「やめといた方がいいと思うぞ。海軍省なんてもう……あー、えーっとだな。70年ぶりにいきなり行っても、取り合ってもらえないだろ。俺《おれ》たちが顔を繋《つな》いでやるから」

歴史説明会場となる環境省の庁舎まで雪花を乗せていこうと、俺が適当な理由を付けて雪花の要求を断る。

すると、チャキッ――

ここで雪花が急に態度を厳しいものに変えて、白いズボンの背後から俺の拳銃《ベレッタ》を出した。

「フンッ。自分が貴様らの様子がおかしい事を見抜けんとでも思ったか。貴様らは真実も言っているが、嘘《うそ》も言っている。これより向かう先は海軍省ではないのであろう。どうも自分を収監し、再教育を施す腹づもりがあると見た。そうはいくか」

――しまった。

雪花には常に命を張って生きていた軍人特有の、超人的な洞察力があるんだ。俺たちは武偵《ぶてい》とはいえ、平時の人間。隠してるつもりでも、考えてる事なんか筒抜けだったか。

「よせって、これには事情があるんだって。その、悪いようにはしないから……！」

「僕たちは味方なんだよ、遠山《とおやま》中佐」

「それはどうもありがとうだ。だが貴様らと自分は目的を一つにはしておらん。自分には軍令が下されている。軍令は絶対である」

融通が利かない日本軍人の目で、雪花が改めてそう言った時――

「――あッ――！」

不知火《しらぬい》が短く叫び、ハンドルを右に切った。

体を左に振られつつ、俺も事態に気付く。

対向車線から、１台の軽自動車が、こっちを全く確認せずに交差点を右折してきている。

間に合わない。避《よ》けられない。軽《けい》は、みるみる迫ってきて――

ガシャアアァァァアンッッッ――！

――正面衝突した！

軽とプリウスは車体の左斜め前同士を激しくぶつけ合い、互いの車体後部が跳ね上がる。

プリウスのハンドルとダッシュボードからはＳＲＳエアバッグが飛び出して、さらに俺の左からサイドエアバッグも展開された。ぼっすんぼっすんとそれにぶつかって、俺の目が眩《くら》む。

な、なんてこった。

こんなタイミングで、まさかの交通事故――右直《うちょく》事故だ……！

シートベルトを外し、這々《ほうほう》の体《てい》で財務省上交差点に出ると……対向車のドライバーに、ケガは無さそうだ。フロントのバンパーやグリルは外れ、ボンネットも山なりに曲がって開《ひら》いちゃってるけど、それらが上手《うま》くクッションになったらしい。大学を出たばっかりという感じの若い会社員のお姉さんが、ハンドルを握ったまま青い顔でこっちを見てるよ。初心者《わかば》マークを垂らした運転席から。

「うーん……と、遠山《とおやま》君、大丈夫？　シートベルトしといて良かったよ……」

「……はっ……雪花《せっか》はしてなかったぞッ」

車からヨロヨロ出てきた不知火《しらぬい》の言葉でそれを思い出した俺《おれ》が、カーテンエアバッグを掻《か》き分《わ》けて後部座席を覗《のぞ》き込《こ》むと——

（……ッ！）

いない。

ひしゃげたプリウスの車体下も見るが、いない。周囲を見回しても、姿がない。

「——逃げたぞ。さすがは軍人だな。足音もさせず、一瞬で消えた」

「えっ！」

と、不知火は慌ててるが……俺は、そうでもない。

雪花は無闇に市民を傷つけたりはしないだろう。ここは日本だと頭では理解できていたみたいだし、逃げ隠れしなきゃならない身空だから足が付くようなマネはしないハズだ。

「こんな時に、もらい事故とは……不幸もいいとこだな。お前は関係者に連絡と、事故の後始末をしといてくれ。俺は雪花を探す」

「分かったよ。あ、遠山君。服——」

不知火はプリウスのバックドアを開け、俺が海《うみ》ほたるの地下施設に行った時リムジンの中で脱いだ武偵高《ぶていこう》の制服を渡してくれる。

車を取りに行った時、ついでに移しておいてくれていたみたいだな。食えないところはあるけど、相変わらず気の回る男だよ。

「大人たちに伝えといてくれ。あんたらの作戦は、やることなすこと全部失策だ——このニセ軍服だって雪花の感情を逆撫《さかな》でするだけで、俺は殺されかけた。雪花は身内だし俺はもう完全に巻き込まれたんでクレームはしない。だが巻き込んだからには一旦あれの事は俺に任せろ。船頭多くして船山に上る事にならないよう、命令をするな」

俺が啖呵《たんか》を切ると、不知火は政治家たちの声を代弁するように「分かった。そうする。でも……」と、心配そうな顔をする。

「血縁者だからってのもあるんだろうが、俺には雪花が怒りそうな事とか喜びそうな事がなんとなく分かる気がするんだ。行きそうな場所も幾つか心当たりがある。ああ、お前を干すつもりも無いから安心しろ。助けが必要な時は遠慮なく呼ぶし、後で知ってる限りの説明もしてもらうからな？」

俺は壊れたプリウスの陰で話しつつ、着替え……警察が来る前にと早足でその場を後にして、東京《とうきょう》メトロの霞ケ関《かすみがせき》駅へ入る。

こう見えても探偵科《インケスタ》の出身だ。逃亡者が行く場所のパターンは習っている。雪花の場合それは非常に限られていて、俺《おれ》が思い当たる場所とも一致している。現金を持ってないか持ってても古銭《こせん》だけであろう雪花《せっか》は、そこまで徒歩で行くハズだ。こっちは電車で先回りできるから、いろんな準備の時間が取れるぞ。

(雪花を確保したら……そこからは長丁場になる可能性があるよな)

そう思った俺は、まず——日比谷《ひびや》線の駅のホームで電車を待つ間、台場《だいば》にいるであろうかなでの携帯に電話する。そしたら、

『よう兄貴。次の戦争か？《Yo bro. Is it a next game?》』

あれ、ジーサードが出たよ。

「日本語で喋《しゃべ》れ。あと俺はお前に電話したつもりはないぞ。かなでを出せ。お察しの通りこっちは戦争になってる。次のじゃなくて、前の戦争だけどな」

『何だそれ、ワケ分かんねェぞ……兄貴はワケ分かる時の方が少ねえけどよ。まあいい、じゃあその戦いに俺を連れてってくれよ。あれからドロシーに付きまとわれて、うんざりでよォ……今、兄貴の狭い部屋に避難してるんだ』

「俺の自宅を避難所にするな！　悪いが今回のヤマ、お前は絶対NGだ。キーパーソンがアメリカを敵視してるんでな」

『は？　イランかリビアのテロリストでも匿《かくま》ったのかよ。女の』

「……実際女だが。米軍に歴史上最も多く血を流させた超反米国家の一つ、その正規軍の

幹部だ。しかも強い。お前はアメリカ感が強すぎるから、会ったら何されるか分からんぞ。かなでもアメリカ出身とはいえ、日本感が強いから大丈夫だと思う。今から言う物品を、俺の部屋から持って来させてくれ。場所は巣鴨《すがも》、俺の実家だ」

日比谷で乗り換えた都営三田《みた》線で巣鴨に出て、歩きで実家の前に着くと……爺《じい》ちゃんと婆《ばあ》ちゃんは在宅中らしかったが、中から騒ぎが聞こえてくるような事もない。

ここは江戸時代から遠山《とおやま》家の一族が住んでいる場所なので、雪花が来る可能性は高い。見込み通り先に着けたので、しばらく待ち伏せしよう。

不知火《しらぬい》にメールで現在地などの連絡をしていると、タクシーで——ジャンパースカート姿の、かなでが来た。

「お兄ちゃん様。さっきジーサードから言われた物を持ってきました」

ロップイヤーみたいなツーサイドアップの髪をぴょこぴょこさせて俺の前に来たかなでから……俺は鞄《かばん》と紙袋に入った私物を受け取る。

「ありがとうな。重かっただろ。んっ……これは何だ？」

勝手に開封されてた小包があったので、見ると……税関で『火器類』の官印《スタンプ》を押された国際郵便だ。送り主は平賀《ひらが》さん。

中には『開傘弾《パラシュート》・サンプル×６』とマジックで書かれたジップロックに５発の９㎜弾が

入っていた。リラックマの便箋に書かれた説明書によると――これは繊維弾《アンカー》の発展型で、前進弾子がミニ落下傘になる銃弾《カートリッジ》との事。すげえ。発砲できるパラシュートか。でも1発少ないのは何でだろう？

「えっと、お兄ちゃん様のお部屋の郵便受けにチラシとか郵便物が溢《あふ》れてて、大矢《おおや》さんに怒られました。だから取り込んだら、その小包を見つけたジーサードに『アヤ・ヒラガは先端科学者《ノイエ・エンジェ》だ』って聞かされたツクモさんが『面白い物が入ってるんじゃないですか？』って言って開けちゃったのです……」

かなでは自分のせいじゃないのにスミマセン顔。天使みたいに心のキレイな子ですね。

「あのキツネめ……」

「お兄ちゃん様のマンションの上でツクモさんが飛び降りながら試しに撃ったら、確かにとーっても薄いラムエアー型のパラシュートが開きました。でもあんまり減速できなくて、ゴミ置き場に落ちて屋根を壊しちゃってました。大矢さんに怒られました」

うう……我が家で……ジーサード一味が大家さんの大矢さんを怒らせまくってる……

家賃を滞納して彼女に襲撃されたトラウマが甦《よみがえ》った俺《おれ》は、現実逃避のために鞄《かばん》と紙袋の中身――かなでが運んでくれた教科書やノート、ノートパソコンなどのチェックに戻る。

……ん？　一つ、頼んでない、カワイイ柄の紙封筒が入ってる。本っぽいな。薄いが。

「あっ、お兄ちゃん様……それはコリンズさんとマッシュさんが……『男子がこれを隠し持っていたなら届けてやるべき』って……私も、お兄ちゃん様は男性なので、そういうの必要なのかなって思って……包んで、持ってきたです」

とか、聖かなでちゃんが立てた左右のお手々で赤くなったロリ顔を隠してるんだけど？

「……？」

と、中身をスライドさせて出したら……オイッ……！　これ、前に藤木林《ふじきばやし》と勅使川原《てしがわら》がくれたスペシャル本じゃん！　二次元と三次元の！　いたいけな女子小学生にこんなもん包ませたり運ばせたりしちゃダメでしょ！　まあ俺も小学生だった頃に父さんに弾の配送やらされてたから、血は争えないって事なのかもしれないけどさ……！

どうも、俺の読みは外れたらしい。かなでが帰った後、夜中の寒空の下で待っても——

雪花《せっか》は、遠山《とおやま》家に来なかった。

そこそこ寄り道をしても霞《かすみ》が関《せき》から歩いて着ける時間をオーバーしたので、俺は雪花が行きそうな第2候補地へ向かう。ここから程近い巣鴨《すがも》5丁目、本妙寺《ほんみょうじ》だ。

この寺には名奉行として知られる遠山金四郎景元《とおやまきんしろうかげもと》を始めとする、遠山家代々の墓がある。

なのでまず、その墓前に行ってみると……

……いた。

白い第2種軍装だから暗がりでも見つけやすい、雪花が。墓の台石に寄りかかるように

して地べたに座り、池袋《いけぶくろ》に聳《そび》え立《た》つサンシャイン60を呆然《ぼうぜん》と見上げている。

気配を殺して近づいていくと、街灯《あか》りに浮かぶ雪花《せっか》は……整った美貌は変わらずとも、顔に疲労の色をありありと浮かべていた。凜々《りり》しい軍帽でも、ごまかしきれないほどに。

「——思い出したよ。金次《キンジ》とは、自分の曾祖父《そうそふ》の弟と同名だ。遠山《とおやま》家の習わしだな」

不意に、雪花がこっちを見ないまま澄んだアルトヴォイスで言ってくる。とっくに俺《おれ》の接近には気づいていたムードで。

……遠山家ではアイデア不足なのか、先祖の名前を子孫が使う事がよくある。その事を言ってるんだな。

「帝国軍人として、どんな困難にも挫《くじ》けぬつもりであったが……これは、堪《こた》えたよ。人は言葉が通じても話が通じん。物は何もかもにアメリカが混ざっている。道には音のしない車が多すぎて、ここに着くまでに3度轢《ひ》かれ、3度撥《は》ねられた」

よく生きてるな。遠山家の人間は、代々タフなんだな。

「……ここは本当に現世《うつしよ》の日本なのか？　それとも望郷の念にかられた自分の弱い精神が異常を来《きた》して見せた、幻なのか？」

論より証拠ってやつで、雪花は——俺や不知火《しらぬい》に諭されるより、ここへ来るまでで見たリアルな現代日本に打ちのめされたっぽい。それで、弱音を吐き気味だ。

「現世《げんせ》だって証拠を求めて、ここへ来たんだろ」

俺《おれ》が遠山景元《とおやまかげもと》の墓石に手を置いて言うと、雪花《せっか》は観念したように俯《うつむ》き……

「……浦島太郎《うらしまたろう》の気分だ……」

と、白いカバーつきの軍帽ごと頭を抱えてる。

「さっきも言ったが、今はあんたの時代から約70年も経《た》ってる。少し冷静になって考えてみろ。あんたの時代の70年前なら、明治維新の頃だ。別世界にもなるさ」

「それもそうだな……では、ここは正しく東京府《とうきょう》……いや、帝国議会で審議中だった東京都制案が可決されたなら、東京都ということか」

「その辺の歴史は知らんが、ここは東京都豊島区巣鴨《としまくすがも》だ」

喋《しゃべ》りつつ様子をチェックするが、すっかり変わってしまった日本に衝撃を受け、車にも6回だか轢《ひ》き逃《に》げ……轢かれ逃げ？　してきた雪花は、心身共に参っているようだ。もう俺を人質に取って暴れたりする危険性は無さそうだな。

「で、どうする。そんな所で寝起きするワケにもいかないだろ。遠山家の場所は戦時中と同じだから、ここからすぐだ。あんたの弟、鐵《まがね》――俺の爺《じい》ちゃんだが、それと婆《ばあ》ちゃんも住んでるよ。雪津《せっつ》って名前だ、面識はあるか？」

「おお。鐵は雪津と結婚《マリッタ》したのか。雪津はいつも鐵の後ろを尾《つ》け回し……もとい、付いて歩いていたからな。いや、良縁だとは思っていた」

爺ちゃんと婆ちゃんの結婚を聞いて表情を明るくした雪花は、長い黒髪を揺らして立ち上がる。そして軍帽を整え直し、背筋を伸ばし、姿勢を正した。
秋の夜風を一つ深呼吸した、その鋭くてカッコいい眼《め》は――早くも気持ちを切り替え、
現実に立ち向かう心構えを取りつつあるもののように見えた。
どんな光景を前にしても、進む。きっとこの人は、そうじゃなきゃ生き残れない人生を
送ってきたんだろう。あの時代を生きた全ての人々と、同じで。
そう思いつつ、雪花を連れて家に向かう道すがら――ここでも、携帯メールで不知火《しらぬい》に
連絡を入れておく。雪花を発見した事。俺の事は身内と認めてくれたので、一応は安全に
コミュニケーションが出来ている事。とはいえ今もヘタに刺激しない方が良さそうなので、
誰かを寄越《よこ》す際は俺が窓口となり、雪花との直接の接触は避けた方が良さそうな事。
「……何をしている？　この時代の者は、皆その小さな配電板を持ち歩いていたが」
「これは携帯だよ」
「携帯している事は見れば分かる。自分は何を携帯しているのかと訊《き》いているのだ」
「携帯は携帯だ。携帯を携帯してるんだよ。携帯ってのはつまり、無線の電話だ」
「なんと、無線電話機か……！　米軍やドイツ軍の物より、遥《はる》かに小さいぞ……」
「昔は大きかったのか？」
「海軍の九六式空一號無線電話機《きゅうろくしきくういちごうむせんでんわき》は、体積にして貴様のそれの70倍はあり、重量は18kg、
30浬《カイリ》先と交信可能である。それだけ小型化できたのだ、通信距離も長くなっただろう」

「距離？　いや、どことでも電話できる。地球の裏にも掛けられるぞ」

「なん……だと……」

とか雪花《せっか》と話してたら、改めて実家に着いた。

前置きのしようもないから、アポなしで来ちゃったんだけど……

どう伝えるかな、コレ。

爺《じい》ちゃんは『姉ちゃんは戦時中に行方不明になった』って言ってたから、驚くだろうな。

でももう連れてきちゃったし、ありのままを伝えよう。

と、俺《おれ》はサザエさんの家と同じタイプの遠山《とおやま》家のドアをガンガン叩《たた》き、

「爺ちゃん。俺だよ、キンジだ。えーっと、今夜ちょっと客……というか、家族を連れてきたんだけど……」

そう声を掛けると爺ちゃんが中からカギを開け、

「おう、キンジか」

ドアをガラガラとスライドさせて開き、ストーン！

腰を抜かして、玄関に尻もちをついちゃったよ。着流し姿で、トランクス丸出しで。

「──ね、姉ちゃん！　生きてたのか⁉」

「何だその心の底から厭《いや》そうな顔は。そうだ。雪花だ。ただいま帰還した。それにしても、ハハッ。老けたな、鐵《まがね》」

「ぐ、ぐぐ、軍の実験で、しし死んだハズじゃぞ、姉ちゃんは……！　ゆ、幽霊か？」

「愚か者め。この長い足が目に入らぬか」

黒い革靴を脱ぎ、家に上がる雪花——

「お帰りなさいませ、お義姉様《ねえさま》。まあまあ、昔とお変わりなく……」

それを台所から割烹着《かっぽうぎ》で出迎えた婆《ばあ》ちゃんは、いつも通りの平常心だ。まあ前から何があっても慌てる事のない人だし、最近ちょっとボケてきてるしな。

「ほら、立ってくれよ爺ちゃん。自分で前に言ってたろ、生き返りは遠山家の日常茶飯事だって。まあ、実際のところは生き返ったんじゃなくて——経緯はよく分からないけど、雪花はタイムスリップしてきたみたいな状態なんだ」

「そういう事だ。帰還の祝いに、酒を用意しろ。今夜は一杯飲んで寝る」

笑顔で回れ右した雪花から一拍遅れで、長い黒髪がふるりんっと回る。

雪花の命令を受けた爺ちゃんは「姉ちゃんの一杯は一升って意味じゃ……カクヤスまだ開いてるかな」とヨロヨロ出ていき、婆ちゃんは茶を淹《い》れに台所へ戻る。

あちこち改築してあるものの、家の間取りは基本的に昔と変わらないらしく——雪花は勝手が分かるようで、スタスタと廊下を渡っていく。ぴょこぴょこ揺れる白い紙リボンを追って、俺もその背を追う。

客間に入った雪花は、掛け軸や庭を見て、

「岩瀬忠震《いわせただなり》の掛け軸は変わらんな。おお。食糧不足で植えた柿の種が、木になっている」

などと、最初は懐かしげに目を細めていたが——

柱に掛けられた日めくりカレンダーの『2010年10月16日（土）』の日付には、改めてシリアスな顔になった。

そして体幹をぶらさず、クルリと俺《おれ》に振り向き、

「——結局、大東亜戦争は如何《いか》なる経緯を辿《たど》った。さっき貴様は何か言い淀《よど》んでいたが」

やはりそこが気になる、という顔で尋《たず》ねてきた。

日本の、敗戦。

それはヘタな教え方をしちゃいけないから、不知火《しらぬい》に口止めされてた事だ。とはいえ、正式な説明の機会は霞《かすみ》が関《せき》の交通事故で失われてしまった。どうしよう。

「あー……それはだな……」

「気を遣わずともよい。日本は勝利すれども、北米大陸を占領するほどの完勝ではなく、東条《とうじょう》政権がルーズベルトと講和したのであろう。現在の日本の占領地——大東亜共栄圏は、中華民国《ちゅうかみんこく》、満州《まんしゅう》、インドシナ、タイ、インド、オーストラリア辺りまでのはずだ」

雪花《せっか》はニコニコと、しかし大きな誤解をしたままの事を言ってくる。

これは……放置しとくワケにもいかないな。現代人として。

もう、俺なりにうまく教えてやるしかない。ごまかしてもしょうがない事だし。

「えーっと……まず根本で間違ってるんだが、日本は敗戦した。東京《とうきょう》も一度は焼け野原になったんだ」

「ハッハッハ。そんなハズがあるか。米英に武士の情けなど無い。敗戦とはすなわち滅亡、日本民族の絶滅を意味する事よ。それに、焼け野原がこのような大都市に変わるものか。ドイツ帝国はどうなった。ヒットラー総統は？」

「ドイツも日本と同じ感じで、当時とは全く違う国になってるよ。ヒトラーは自殺した」

「……自分は帝国海軍の軍人としてユーモアを解する心得はあるが、理解できぬな。なぜそのような冗談を言う？」

「こんな事で冗談は言わない」

事実を簡潔に語った俺の、目を——

「……」

雪花が、黒曜石のような瞳で直視している。

そして、その優れた洞察力で、俺が嘘《うそ》を言ってないと分かってきたのか……

雪花の表情に、緊張感が漂い始める。

それからしばらくの沈黙の後、雪花は覚悟を決めたような顔になり、背筋を正してから、

「……では、貴様がさっき言っていた『平成』という元号は……陛下は……」

震え声で、尋ねてきた。

……戦史はともかく、そこは……

受験のために歴史を勉強しているとはいえ、俺《おれ》の口からは説明しない方が良さそうだな。

と、俺はさっきかなでから受け取った鞄《かばん》を取り、そこから日本史の参考書を出す。

「これは俺が勉強に使ってる、日本史の本だ。あんたがいなかった間の現代史についても書いてある。ただ、今までのあんたの話から察するに……ショックを受ける内容も多いと思う。貸してやるから、明日あたり——気持ちが落ち着いてから読んでもいいぞ」

俺の言葉に、雪花《せっか》は一つマバタキをして……

「……明日？ 我が姪孫《てっそん》キンジよ、教えてやるから覚えておけ。人に必ず明日が来るとは限らないのだ。今読ませてもらう」

そう言い、手を差し出してきた。

——人に明日が来るとは限らない。

今日、死ぬかもしれない。

だから何事も、今やる。

なるほど、いかにも軍人らしい心構えだな。

「分かった。ただ、この本は拳銃と引き替えだ。あとその軍刀も預からせてもらう」

俺はここがチャンスとばかりに、その交渉に臨む。

雪花が——あの時代の人が現人神《あらひとがみ》だと思ってた昭和天皇がもういないと知ったら、自ら頭を撃ち抜いたり、腹を切ったりしかねないからな。

「なぜだ」

「答える必要はない。あんたも何となく分かって訊《き》いてるだろ。とにかく——これは今のあんたにとって銃や刀よりも意味がある本だと思うぞ」

俺が頑《かたく》なな態度を取ると、雪花は——

「よかろう」

軍服に包まれた丸いオシリの上から、俺の銃を両方、スライドを持って返してきて——それから長い睫毛《まつげ》の目を伏せるようにして、美しい所作で、静かに軍刀を外した。

それらを受け取った俺は銃をホルスターにしまい、刀をフスマの脇の壁に立てかける。

その間に雪花は、爺《じい》ちゃんが買うだけ買って使ってなかった浪曲の書台を部屋の真ん中辺りに運んでいる。

「……怖くないのか、知るのが」

「知ることを怖《おそ》れる者は、生きることを怖れる者だ」

そう言って、正座し——書台に載せた日本史の参考書をためらいなく開いた雪花は、

「おお、総天然色写真だな。印刷技術もまた70年で格段に発展したとみえる」

とか愉快そうに言って、ページを繰り始めた。

しかし冒頭の縄文時代でいきなり、その形のいい眉を寄せてる。

「国史が伊弉諾《いざなぎ》・伊弉冉《いざなみ》から始まらんとは。これは本当に信用の置ける教本か？」

「多分あんたの時代の教科書よりは信用できるよ」

軍刀を隠すように立った俺《おれ》に見張られつつ、雪花《せっか》はコチコチと廊下の柱時計の音だけが聞こえる室内で……参考書を、読み進めていく。

幕末辺りまでは本の信用度を計るためか単語を拾うように読み流していたが、明治辺りから精読ペースになっていき……

そのページがついに、昭和、太平洋戦争に差しかかる。真珠湾《しんじゅわん》攻撃——

「……」

マレー沖海戦での勝利。日本軍による香港《ホンコン》占領。マニラ占領。クアラルンプール占領。シンガポール占領、ラングーン占領。旧バタビア・現ジャカルタ占領。

ミッドウエー海戦の敗北。ガダルカナル島での敗北。山本五十六《やまもといそろく》海軍大将の戦死、学徒出陣、マリアナ沖・レイテ沖海戦での敗北。硫黄島《いおうとう》陥落、沖縄《おきなわ》戦、東京大空襲《とうきょう》……

「……」

焦土と化した東京の写真を見る雪花の額に、脂汗が滲《にじ》む。

ソ連対日参戦、原爆投下、ポツダム宣言受諾……

その表情は、軍帽の鍔《つば》で隠れているが……

心中、察するに余りあるな。

それからページは、日本国憲法発布、対日平和条約・日米安保条約締結、日ソ共同宣言、国連加盟と進んでいく。

さらに、復興の歴史。東京オリンピック、高度経済成長。そして時代は昭和から平成に変わる。そこでも雪花は青ざめていたので、

「大丈夫か」

そう声をかけた俺に——返事はしないものの、小さく頷《うなず》きはした。

そうして、参考書を閉じた雪花は——

「……」

正座したまま両手を膝に置き、歴史を反芻《はんすう》するように、黙って目を閉じている。

取り乱してる様子は無いが、いま彼女が何を考えているかは……俺には、分からないな。

背筋を伸ばして正座したまま微動だにしない雪花を、しばらく監視していると——

ガラガラ、と、爺《じい》ちゃんが帰ってきてドアを開ける音がした。だが、足音が多い。誰か連れてきたみたいだ。

（……？）

雪花の事は気になるが、ずっと動きは無いし……武器も取り上げてあるしな。と、俺は軍刀を持って廊下に出て、客間のフスマをそっと閉める。

玄関に行くと、酒瓶の入った袋を提げた爺《じい》ちゃんと——

武偵高《ぶていこう》の制服に着替えた不知火《しらぬい》、軍服からスーツに着替えたヨボヨボの老人・諸星《もろぼし》氏、あと政治家・早川《はやかわ》まこ環境副大臣が来ていた。手に手に、鞄《かばん》や紙袋を携えて。

「爺ちゃん、おかえり。その3人は——」

「ああ。うちの近くに車で張っておったからの。見た顔がいたんで、家に上げる事にした。姉ちゃんの事情を知ってる連中じゃろ」

そう言う爺ちゃんの背の向こうでは、うちの門の外の車道に2台のセダンが停車してる。

「中佐殿は、ご無事ですか」

不知火に手を借りつつ廊下に上がった諸星老人が、軍刀を持つ俺《おれ》に尋《たず》ねてくるので……

「奥にいるよ。ご覧の通り武器は取り上げた。不知火には教えるなって言われてたけど、今の日本への誤認識がひどすぎて会話にすら難儀しそうだったから……日本史の参考書を読ませたところだ」

そう話すと、「だ、大丈夫でしたか?」と元タレントの早川まこ副大臣がワタワタする。

「ああ、落ち着いてる。でも多少のショックはあったみたいだから、あんたらが出張って今ヘタに突《つ》っつかない方がいいと思うぞ。だから帰ってくれ——と言いたいところだけど、その前に、この件についてあんたらが知る事を話してもらいたい。俺と爺ちゃんには聞く権利があると思うんだが?」

こっちは半ばムリヤリ巻き込まれた被害者なので、俺は高圧的なタメ口で話す。すると、

「もちろん、ご説明します」

「少尉殿も、ご同席願えますか。ただ、中佐殿のお耳には入れ辛《づら》い事も話すかと……」

早川副大臣はコクコク頷《うなず》き、諸星老人は爺ちゃんとも旧知の仲らしく階級で呼んでいる。

「ワシの部屋で話そう。姉ちゃんのいる客間から遠いしな」

爺ちゃんが先導し、俺たちは雪花《せっか》のいる客間を避けるように廊下を歩き……台所を経由して、角部屋《かどべや》──爺ちゃんの六畳間へ静かに入っていく。

そこで早川環境副大臣と諸星老人が俺に名刺をくれてる間、爺ちゃんは競馬新聞と週刊ギャロップが積まれたマガジンラックをどけて、

「狭い部屋ですまんな。まあみんな座れ。諸星よ、お前は車屋を興して儲《もう》けたと聞いたぞ。あの頃はワシの機体を整備しとったのが、出世したもんじゃな」

「戦後は事業にかまけており……少尉殿っ、長年のご無沙汰を、お詫《わ》び致します……！」

諸星老人は座るなり、爺ちゃんに土下座してるんだけど。えっ、この人、諸星自動車の創業者？　それって東証一部上場企業だよ？　作業車とかパイクカーとか、自動車業界のスキマ産業を一手に引き受けてるメーカーじゃん。うわっ、名刺にもよく見たら会長って書いてある。今度武藤《むとう》にこの名刺を見せて自慢してやろうっと。

それから、諸星老人、早川まこ副大臣、不知火、爺ちゃん、俺は車座になり……

「爺《じい》ちゃんに紹介しとくけど、コイツは不知火亮《しらぬいりよう》。武偵高《ぶていこう》の同期だ。まあ一応、大丈夫なヤツだと思う。で……さっき雪花《せっか》を見た時に言ってた、『軍の実験』ってのは何だよ」

俺《おれ》がまずそこを——過去、雪花が消えた原因に関してを爺ちゃんに尋《たず》ねると、

「事ここに至れば、ワシも知る限りを話す。ただ、それを話す前提を、伏せながら話す。キンジは察しろ。まず……姉ちゃんは、男のような言動をするじゃろ」

「ああ。雪花は自分のことを男だって言ってたぞ。違うって事は確認したが」

そう話した俺に、早川《はやかわ》まこ副大臣が目を丸くして赤くなる。ああもう、違うってば……いや、違うわけでもないけど……

「戦時、日本の兵力は常に不足しとった。だから遠山《とおやま》家のような武門の女は男という事にされ、軍務を強いられる事もあったんじゃ。そもそも戦前から日本は軍国じゃったからの。雪花は生まれてからずっと、男として育てられた。弱くならんようにするためにな」

最後の一文だけ、爺ちゃんは強めて言った。それで分かってしまったが——

それはきっと、返對《へんたい》——ヒステリアモードの、裏技だ。

(あったのか……そんな、やり方が……！)

——遠山一族に備わる特異体質・ヒステリア・サヴァン・シンドロームは、男の場合は強くなり、女の場合は弱くなる。それは去年、かなめが身をもって実証している事だ。

だが、じゃあ、『自分のことを男だと思っている女』はどうなるのか？

（……強く、なるんだ……！）

雪花がヒステリアモードでないと使えない攻奥義《こうおうぎ》・秋花《しゅうか》を使えたのが、その証明だ。

遠山家は雪花が国家に軍人として徴用される事を先読みして、男として育てた。つまり、やはり雪花は戦争のために──性同一性障害みたいな状態に、な・ら・されたんだ。

「……それでも中佐殿には、前線に出征なさるような命令は下りませんでした」

爺ちゃんに続いて、諸星《もろぼし》老人が俺に語り始める。

「軍令部に入営され、上級通信将校となり、遣独《けんどく》軍事視察団に随行された後、内地で参謀《さんぼう》参与《さんよ》や軍紀査閲《ぐんきさえつ》の任に就かれました。なにせ、あのお美しさです。御姿《おすがた》を見るだけで兵の志気が上がると、海軍各部を目まぐるしく回るよう御偉方《おえらがた》から命じられていたようです」

あー……なるほどね……遠山家の超人を軍人として取ったはいいものの、海軍も雪花の扱いにはちょっと困ったんだな。どう見ても女だし。

それで開き直って異様に高い階級とキャリアを与え、みんなが憧れるアイドルみたいな役目をさせてたんだ。美人のコンサルや監査が来れば、男はみんなカッコつけて普段よりしっかり働くからな。ジェンダーロールになるから明け透けにはされないが、それは今の日本の大企業でも使われる効率アップのテクニックだ。

「私はあの戦争が始まると、時局の求めから、すぐさま予備士官に昇進させられた者です。叩《たた》き上《あ》げの整備兵達《たち》からはそれを階級泥棒と蔑まれ、殺されそうなほどに虐《いじ》められました。

ですがそんな彼らを、伝令で来ていた中佐殿が厳しく叱りつけて下さった。それ以降私は、隊で階級通りに扱ってもらえるようになったのです。中佐殿は、命の恩人です……」

そう言って涙ぐむ諸星《もろぼし》老人の目には、雪花《せっか》への心からの敬意がある。

「私の他にも、中佐殿のおかげで命拾いした者は海軍に大勢いるのです。中佐殿は厳格なお人柄でありながら、その実、下々の者に厚い気遣いをして下さる方《かた》でした。私の喋《しゃべ》りが陸軍式《リクシキ》なのは、中佐殿がそうだったから真似《まね》をしているのであります」

雪花は……人格的にも、典型的な遠山《とおやま》の人間だな。初代・遠山金四郎《きんしろう》から代々みんな、自分より弱い立場の人間に優しいというか、甘いんだよね。俺《おれ》はそうでもないけど。

爺《じい》ちゃんが、缶入り煙草《ピース》にマッチで火を付けながら……

「……後に、姉ちゃんに軍令が下った。それが『実験』への参加じゃ。通信将校であり、神職の血を引く、女性の肉体を持つ軍人が必要との事で……海軍広しといえど、そんなの姉ちゃんしかおらんかったからな。その実験のために姉ちゃんは横須賀《よこすか》へ行き、そのまま行方不明になった」

「神職の血……うちが星伽《ほとぎ》神社との血縁もあるからか。どういう実験だったんだ？」

「特秘──軍の機密じゃった。戦後調べたが、分かったのはその実験が『玲一號作戦《レいちごう》』と名付けられた作戦の一部だった事だけじゃ」

爺ちゃんがそう語ると、しばらく静かになった部屋で──

「玲一號作戦は——通信将校を『玲』と呼ばれる場所へ派遣して、そこで得られる知識を軍事転用しようって作戦だったらしいよ。存命の関係者がもういないから真偽は不明だし、何をどう使おうとしたのかは分からないけどね。知ってるのは、雪花さんだけだ」

不知火《しらぬい》がそう言い、爺ちゃんと諸星老人もそれは知らなかったらしく顔を上げている。

続けて、早川《はやかわ》まこ副大臣は……

「政府も、玲一號作戦の目的は噂《うわさ》レベルでしか把握してないんです。『核物質を採取して原子爆弾を作るためだ』とか『マッカーサー元帥やトルーマン大統領を呪殺《じゆさつ》する術を身に付けてくるためだ』とか。真剣に調査した形跡も、あんまりなくて……私自身も、実際にエンディミラさんや雪花さんを見るまでは……ごめんなさい、この件、何もかも眉唾ものだと思ってました……」

と、自分が大した情報を持ってない事を恥じるようにションボリしてる。

各人の話から、俺が推察するに——まず、『玲』とは、エンディミラがいた『そこ』の事だ。旧日本軍はその存在を知っていて、そう呼んでいた。雪花も最初に俺と会った時、自分の所属を『玲方面特別根拠地隊』と呼んでたしな。ただ、爺ちゃんの話から、それは隊といっても実質的には雪花1人だけだったようだ。

エンディミラの証言によれば、基本、玲には女性しかいない。それも軍は知っていたんだろう。そこに男を派遣すると、異端視されて殺されたりするかもしれない。それで心の性別はどうあれ、女性の肉体を持つ雪花《せっか》が送られたんだ。

軍はオカルト的な方法に頼って、戦争を有利に進める『何か』を玲《レ》から得ようとした。通信将校で星伽巫女《ほとぎみこ》の血も引く雪花が選ばれたからには、その目当ては情報で、超能力に関するものだろう。早川《はやかわ》副大臣の聞いた噂《うわさ》で言うなら、前者より後者の方が正解に近いのかもな。

……ただ……

「何にせよ、雪花は大遅刻だな。もう終戦の65年後だ」

「うむ……何かを持ち帰ってきていようと、使う機会もなかろう」

一応これは身内の不手際なので、俺《おれ》と爺《じい》ちゃんが詫《わ》びるような顔をすると……副大臣も済まなさそうな顔をする。

「いえ、そもそも——旧日本軍は雪花さんを玲に送ったまでは良かったのですが、その後玲一號《いちごう》作戦に従事する軍人が空襲で亡くなったり、必要な資材を物資不足で揃《そろ》えられなくなったりで、帰還させる事ができなくなったんだそうです。終戦時に軍の機密書類は焼却され、玲一號作戦も闇に葬られました。以降ずっと、雪花さんは国から見捨てられた形になっていたんです」

「今回——『玲』から来たらしいエンディミラさんの事が、猿田《さるた》武検補の政府関係者へのレポートから判明してね。エンディミラさん自身と宮内庁顧問の伏見《ふしみ》さんの見解で、過去

『玲』に送られたままになってる雪花さんを帰還させられる事が分かったんだ。それには高額な予算が必要だったけど、諸星《もろぼし》会長が用意してくれたんだよ」

早川副大臣に不知火《しらぬい》がそう続けた説明で……ようやく、大体の事情が分かった。

関係者の相関図、探偵科《インケスタ》で言うところの『人と人の線』も概《おおむ》ね俺の頭の中で繋《つな》がる。

エンディミラに俺が関係してたから、話が政府筋から不知火の所へも行った。不知火は俺と連携の取れるアリアたちを呼んで、もしも雪花が大暴れした時への備えを固めたと。

あれ、でも……一部、関係に蓋然性が無い部分があるな。この話の重要な人物間で。

エンディミラ・俺・雪花。この3人が繋がらない。

俺とエンディミラの出会いは、偶然によるものだ。そのエンディミラを送り出した後、交替するように帰ってきたのが雪花だ。その雪花が偶然、俺の縁者だったという話になる。これは腑《ふ》に落ちないというか、気持ち悪いぞ。

（この、状況は……）

ネモに狙われていたベレッタと俺の出会い。同じくマキリに狙われていた宝城院良司《ほうじょういんりょうじ》と俺の出会い。その2件に、似ている。

それはどちらも、偶然出会った人物が偶然Nに狙われていた、という奇妙な出来事だ。

だが今回は順序が逆。Nのエンディミラが起点になり、俺と雪花の出会いが偶然に起きている。どういう事だ？

ただ、これはベレッタや宝城院《ほうじょういん》の時にヒステリアモードの頭でも解明できなかった謎だ。今もっと難しくなったその問題を素の俺《おれ》が考えても、徒労だろう。

「……で、これからどうする。もう日本軍も無いし、戦う相手もいないから……そこさえ理解させれば、雪花《せっか》はただの古い人だ。別に害も無いだろうとは思うが」

俺がそう言うと、副大臣や不知火《しらぬい》の見解も同じようなものらしく——

「政府としても、雪花さんの帰国には人道的な見地から全面的に協力させてもらいました。帰国が叶《かな》った今、彼女には改めて国民の1人として生きてほしいと思います。未帰還者に関する特措法《とくそほう》では、未帰還兵とされていた人が発見された場合、戦時死亡宣告を取り消す……つまり、雪花さんの国籍および日本国民としての全ての権利が復活します。その辺は厚労省が手続き中です。戸籍上は87歳という事になりますけど」

「彼女にしてみればここは別世界みたいなもので、慣れるまでは混乱すると思う。だから監視役、丸い言い方をすればサポート役が要るよね」

とか、何か前もって打ち合わせしてきたっぽい調子で話し始めたぞ。

「誰だよ監視役って」

イヤな予感がしてきたんで、不知火に俺が尋《たず》ねると——

「君だよ」

イヤな予感が的中！

「なんで俺なんだよッ」

「だって女性は得意じゃないか、君は。ちなみに彼女の生活に必要そうな物は、こっちの経費で用意したよ」

「ん？　どういう物だ。生活にはまず、生活費というものが要《い》ってだな――」

なんか不知火の口車にノセられてる感もあったが、金品に係《かか》わる事は確認しておきたい金欠のキンジである。

「これは中佐殿の口座です。そしたら、これは携帯電話、通話料は諸星《もろぼし》自動車が終生お支払いします。それと――身分証明書と、お道具をどうぞ」

アイドルに貢ぐファンみたいな顔で、諸星老人が鞄《かばん》からあれこれ出してきたよ。

まず、遠山《とおやま》雪花名義の預金通帳……うん、まあメシ代ぐらいは入ってる。それより携帯、最新のｉＰｈｏｎｅ４じゃん。いいなあ。

ただ、身分証明書は――帯銃免許。『お道具』とやらは旧日本軍ご用達《ようたし》の、ミニチュアボトルみたいな形がちょっとカワイイ22粍《ミリ》南部弾じゃないですか。物騒な。

「ほう、銃免許か。あと、よくこんな弾を用意できたもんじゃの」

「危険じゃないか……？」

爺《じい》ちゃんと俺がそれを見て言うと、

「旧軍人には帯銃免許も下り易《やす》く、早川《はやかわ》先生のお力もあり、早々に準備できました。あの

海底研究所にて、中佐殿はご自分の銃の弾薬を切らしているようにお見受けしましたので

……私は戦史資料館を保有しており、以前より所蔵していたレプリカをお持ちしました」

「どの道、しばらくは武装をしたがると思うよ。それで雪花《せっか》さんが君の銃をまた取り上げたり、ヘタに強力な銃を買い付けてくるよりはいいかなって思うんだけど」

諸星《もろぼし》会長と不知火《しらぬい》がそう返してきて、続けざまに早川《はやかわ》副大臣が、

「これは当時の写真を元に、雪花さんの体型に合わせて仕立てました」

着替え用の白軍服が入ってる紙袋をくれた。あと、下着が入ってるらしい紙袋も。

「普通の服にしてくれよ……」

もうしょうがないのでそれも受け取りつつ、俺《おれ》はボヤく。だが、

「中佐殿は軍装を誇っておられましたッ。服装や身だしなみに大変厳しい御方《おかた》でッ――」

「たとえ私たちが普通だと感じる服でも、現代の女性の服は彼女にとって奇抜に見えると思いますよ。センスが合わなくて、すぐに着てはもらえないのではないでしょうか」

なんか『中佐殿は軍服姿じゃなくちゃダメ！』的な、面倒くさいファンっぽい目をした

諸星会長と……女性の観点から語る早川副大臣に、ここも丸め込まれてしまった。

そこで不知火が、

「とにかく今は雪花さんを刺激しないように、僕たちは帰るよ。何かあったら連絡して。適時、必要なサポートを送るから。遠山《とおやま》さん、遅くに失礼しました」

『遠山君が難癖を付ける前に……』という顔で畳から立ち上がって、爺《じい》ちゃんに一礼して――諸星会長、早川副大臣と一緒に、帰り支度を始めてしまった。

なんだか体よく雪花を押しつけられた感もあるが……

まあ身内だし、しょうがないか。

と、俺も爺ちゃんと一緒に3人を玄関まで見送る。

玄関を出た所では――そこまでヨボヨボ歩いていた諸星会長が、急にサッと回れ右する。そして背筋を伸ばし、遠山家の中へ向けてビシッと海軍式の敬礼をした。雪花に見えているわけでもないのに。

どんなに年老いても、軍の上下関係は永遠って事か。

まあ、一方の中佐殿は歳《とし》を取ってないんだけどね。悩ましいことに。

3人が帰ったので、雪花はどうしてるだろうと思って客間を開けると――

――いない。

一瞬ヒヤッとしたが、大丈夫そうだ。障子が開いてて、屋根の上に気配がする。うちの屋根にはあちこちから割と簡単に上がれるからな。風に当たりたくなったんだろう。

雨樋《あまどい》を掴《つか》み、排水管の留め金に足を掛けて俺も屋根に登ると……

屋根瓦の上に、体育座りしている雪花の背中が見えた。

低い位置にある月がその黒髪に艶やかな光を落とし、秋の夜風が白い紙リボンをそっと羽ばたかすように揺らし……

「――キンジか」

こっちに振り返らないまま、それでも来たのが俺《おれ》だと分かった声で、雪花《せっか》が言う。

少し、鼻声だ。泣いてたらしい。

振り返らないのは、涙を見られたくないからかもな。じゃあ、と、俺は前には出ず……

雪花の横に、あぐらをかく。

雪花は帽子を目深にかぶり直して、意地でも目元を見せない。

でも、ぐすん……と、鼻を鳴らした。やっぱり泣いてる。

「日本が……負けたのが、悔しかったのか」

俺がそう尋《たず》ねると、

「――違う」

雪花は顔を上げ、池袋《いけぶくろ》のビル群に浮かぶサンシャイン60を見る。いつの間にか目元を拭ったらしく、キリッとした顔で。

「大東亜戦争の完遂が叶《かな》わぬ事は、皆が薄々分かっていた。兵は弾薬、ガソリン、何より自分たちの人数が日々減っているのを知っていた。国民も、物資の不足を肌で感じていた。大本営も表では連戦連勝を報じながら、裏では終戦工作を行っていたよ」

当時の人も……負ける事は、悟っていたんだな。じゃあ、『違う』ってのは強がりじゃなくて本当なんだろう。

「それなら、なんで泣いてたんだよ」

俺が尋ねると、雪花は――

「嬉《うれ》し泣きしていた」

「嬉し泣き……？」

「あの写真にあった焼け野原が、僅か65年で、これほどの摩天楼として甦《よみがえ》ったのか――と。自分は日本人の不撓不屈《ふとうふくつ》の精神に深く感じ入り、涙を禁じ得なかったのだ……」

光の海のような東京《とうきょう》を眺めて言う雪花の横顔に、さっき本妙寺《ほんみょうじ》で見られたような動揺はもう無い。

でもやっぱり、かなり疲れてる感じはあるな。息切れしてる――と思った矢先。

「……やはり、大日本帝国は、世界に、冠たる……」

気だるそうに目を閉じた雪花が、ぐらり……

と、傾いていく。

抱えていた膝を、崩しながら。

「……雪花!?」

がしゃん……と、屋根瓦の上に倒れた雪花を慌てて抱き起こして――すぐに分かった。

すごい熱だ。

いろんな事を急に知ったせいで、知恵熱を出したのか？　いや、それにしても高すぎる。

「――爺《じい》ちゃん！　来てくれ！　屋根だ！」

家の中に叫んで、俺《おれ》はズルズルと雪花《せつか》を運ぶ。火傷《やけど》しそうに熱い身体《からだ》を爺ちゃんと協力して縁側に下ろし、大急ぎで客間まで移動させる。婆《ばあ》ちゃんも出てきて、布団を敷いたり、体温計や氷枕を持ってきたり、一家総出で看病するが――

熱を測ったら……よ、40度あるぞ。命に係《かか》わるレベルだ。

そしてこれはおそらく、普通の病気じゃない。容態の変化が急すぎるし。医者を呼ぶにしても、普通の医者じゃ手の施しようがないかもしれない。そうだ、不知火《しらぬい》――

と、俺は携帯で今別れたばかりの不知火に電話を掛ける。そして状況を伝え、その後も雪花の軍帽を取ってやったり、額の汗を拭いてやったり、声を掛けて励ましたりする。

だが雪花は、意識を失っており――はあ、はあ、と、苦しげな呼吸を何とか継いでいる状態だ。

どうしたんだ、しっかりしてくれ、雪花……！

不知火への電話から約20分後、白雪《しらゆき》・伏見《ふしみ》・玉藻《たまも》の3人が黒塗りのハイヤーで遠山《とおやま》家に来た。揃《そろ》って巫女《みこ》装束に着替えているのを見るに、超能力系《ステルス》の相談をしていたらしいな。

多分、雪花関連の。

爺ちゃんと婆ちゃんにペコペコ挨拶してから玄関に上がってきた白雪は、挨拶もナシにドタドタ入ってきて廊下を駆ける玉藻・伏見を追って客間に入っていく。

そして布団の中で息も絶え絶えになっている雪花を見て、

「玉藻様、これは……やはり、殺刻《サツコク》……」

「そのようじゃの。最もよくある症状じゃ、風疫感冒《いんふるえんざ》に似ておる」

とか、やはり雪花のこれには超常系の原因があるらしいと診断している。

ここは、俺の判断が珍しく正しかったな。救急車で近所の夜間病院とかに運んでたら、逆に危ないところだったかもしれない。

爺ちゃんは伏見に「奥の間に去れコン。雪花の厄払いに来たのでジャマするでない」と言われ——信心深い婆ちゃんに引っ張られて、退散していく。でも俺はこのキツネ巫女のコスプレをしている水商売のお姉さんにしか見えない伏見をそこまで信用できないので、残る。

「ちゃんと処置できるのか。お前たちは薬も持ってないみたいだが」

「祈れば大丈夫じゃ。肝要なのは『此方《こなた》は抗《あらが》うぞ』という強き意志を持って祈ることコン。それが運気を変えるコン」

イラッとくる語尾はともかく、伏見はしっかりと頷《うなず》いてくれた。祈りがどうのとかいう疑わしい話は話半分に聞きつつも、その態度には少し頼もしさを感じた俺《おれ》に……

「遠山《とおやま》の、さっき雪花《せっか》は交通事故に遭ったそうじゃの。コン」

「これはそれと根を同じくする現象じゃ」

玉藻《たまも》と伏見《ふしみ》が、さらに分からない事を言う。同じキツネ耳の女でも伏見は厚化粧で大人サイズ、玉藻はノーメイクで子供サイズなんで、親子に次々話しかけられてるみたいだ。

「なんでだ。車の事故とこの高熱が、どう関係してるんだ」

俺が眉を寄せると、緋袴《ひばかま》を広げて雪花の枕元に正座した白雪《しらゆき》が――

「雪花さんが時の連続性を大きく無視したり、この世じゃない所から来たりしたからだよ。キンちゃんはこういうの専門家じゃないから、喩《たと》えて説明すると――この世界は一つの生き物みたいなものなの。体の中に異物が入ってくると、やっつけようとする。ちょうど人体に入ってきたウイルスを、免疫がやっつけようとするみたいに。具体的には、とても運が悪くなるの。専門用語では存在劣化症候群《そんざいれつかしょうこうぐん》って呼ばれる状態だよ」

と、確かに俺の専門外の、この世の知られざるシステムを語る。

「でも、心配しないで。人体に炎症が起きてもいずれは引くのと同じで、そんなに長くは続かないから。伝承によれば、半日ぐらい。その期間の事を、日本の寺社関係者は殺刻《サツコク》、欧米の魔女は必殺の時刻《リーサル・アワー》って呼んでるの。そこを乗り越えれば、後は普通に暮らせるよ」

半日……だとすると、今夜がヤマだな。

とはいえ、これはどうも運の良《よ》し悪《あ》しに係《かか》わる話らしい。それならその専門家であろう巫女《みこ》たちが看《み》てくれてる以上に出来ることはないだろう。

「では、祈り、包もうぞ。それで熱も引くはずじゃ」

「その間、妾《わらわ》たちは姿形を変えるコン。あまりその形《なり》を人に見られとうないので、星伽《ほとぎ》の、縁側にでも出ておれコン。遠山の、お主は単にジャマじゃ。お前も出ておれコン。まずは裸形《らぎょう》になるコン」

ラ行……？　らりるれろがどうした？　と思ったら、られ、りる、ろりれろり！　女子小学生っぽい玉藻ちゃまと、水商売のお姉さんっぽい伏見様がッ。シュルシュルと緋袴の帯を解いて、巫女服を脱ぎ散らかし始めたぞ……！

「お、おい、お前ら何でうおぁッ！」

何でだよ、と聞く暇さえ与えてくれず、玉藻と伏見は上半身の白衣《びゃくえ》の前面も自ら左右に引っ張って――お胸様も、ご開帳……ッ！　母娘《ははこ》感のあるキツネ巫女2人のマニアックなストリップで、これじゃ雪花のじゃなくて俺の殺刻《サツコク》じゃん！

脱ぎかけの巫女服から真っ赤なランジェリーを覗《のぞ》かせているオトナの伏見も危険だが、幼女ボディーに下着をつけない主義の玉藻も危険。今は横向きでも、こっちを向かれたらまさに必殺の時刻《リーサル・アワー》だ。俺は女子が高めのボール球でも低めの悪球でもヒステリアモードをヒットできる、計り知れないポテンシャルを持つ安打製造機。仮に今の状況でヒステリアモードになっても玉藻《たまも》と伏見《ふしみ》による雪花《せっか》の看病のジャマをしない自制心はあると思うが、縁側に出ろと命じられて身を持て余している白雪《しらゆき》が危ない。白雪が危ないという事は既成事実がどうのこうので俺《おれ》が危ないという事でもある。とにかく危ない！

「出るぞ白雪！」

「きゃっ？」

俺は白雪の柔らかい二の腕を左右とも掴《つか》んで盾にし、視界をガードしながら縁側に出る。ていうか最初に爺《じい》ちゃんが出ていけって言われた時、俺も客間から出ときゃよかった！

――神さまの言う事は聞いておくべきって事かな。やっぱり。

見られたくないと言ってたくせに、障子には巨大なキツネ2匹が雪花を囲んでグルグル回ってる光景が影絵で丸見え。こわいぞ。それで雪花の熱が引くんならいいけどさ……

「あの変身のために脱いだんだな」

「服が破けちゃうからね」

俺と白雪は月明かりの縁側に並んで座り、とりあえずは一息つく。

「雪花さんの事は心配ないよ。玉藻様も伏見様も殺刻《サッコク》のお祓《はら》いは大昔から何度もしてて、全員ケロッと治しちゃってたみたいだから」

「アイツらだけなら疑うとこだが、白雪が太鼓判を押すなら大丈夫か。ところで……俺が

不知火《しらぬい》に電話してから、割とすぐ来られたな。お前たち」

「うん。私たち、お台場《だいば》じゃなくて日枝神社《ひえじんじゃ》の山王稲荷《さんのういなり》にいたの。玉藻《たまも》様が電話を受けてすぐ、宮内庁に借りてた車で来られたんだよ」

山王。本来、雪花《せっか》が会合で行くハズだった霞《かすみ》が関《せき》から目と鼻の先だ。殺刻《サツコク》の事もあるし、白雪《しらゆき》たちは雪花のため元々山王に行く予定になってたんだな。雪花が移動した巣鴨《すがも》からも遠くないんで、それからもそこで待機していたと。

雪花の帰還に係《かか》わる件は人員の配置が巧みで、連絡やロジスティックスも行き届いてる。その割に、統率者や責任者が見えない。なので逆に分かっちゃうんだが——

「それもこれも、日本政府の手厚いバックアップのおかげって事か。環境省が副大臣まで出してきてるのは謎だが……地検、宮内庁、防衛省、厚労省。雪花の帰還には妙に政府のバックアップが手厚いよな。手厚すぎるぐらいだ」

早川《はやかわ》副大臣は『人道的な見地から』と言ってたが、果たして政府が人道のためにこんなコストを払いますかね？

という俺《おれ》の疑問を、白雪は幼なじみだけあって何となく察したらしく……

タレ目気味の大きな目を、少しだけ困らせた。

「キンちゃんは……平賀《ひらが》さんのお家《うち》で、『扉』に近い考え方をしてたよね」

——『扉』？　『パンスペルミアの扉』のことか。

それはNが引き起こそうとしているサード・エンゲージ――エンディミラたちの故郷・玲《レ》方面からこの世界への、超常の女たちの移民を許容するイデオロギーを表す隠語だ。

「でも今、日本政府の方針は『砦《とりで》』になりつつあるの。どっち付かずの態度を取り続けてたら、アメリカから圧力を掛けられたみたい」

アメリカ政府は異能の移民を排斥する『パンスペルミアの砦』政策を採っていたが――こんな事でも、日本は対米追従ってやつをやったって事か。

「それでも雪花さんについては、あっちから来させてもOKって判断になったんだって。さすがに元々、こっちの人だからね。ただアメリカの目もあるから、これ以上は係わりになりたくないみたい。この辺は、風雪《かざゆき》が調べてくれたよ」

政府が雪花に歴史を教えようとしたり、戸籍を復活させたりしたのは……

きちんと今の日本の国民になる下地を整えて、あとは無関係を装えるためにって事か。まあ外交的な事情もあるなら、そういった日本政府の対応も理解できなくはない。

ただ、

「俺は……あまり、気に入らないな。『砦』か……」

話している相手が白雪なんで、俺はここでも本音が漏れる。

世の中は、超常の女たちを拒絶しようとする『砦』の動きを強めている。ジーサードのように、やってくる魔女や妖怪女と敵対するリスクを取りたくないから。あるいはベイツ姉妹のように、自分の既得権益を損ないかねないから。俺《おれ》の周囲で言えば、扉の過激派・Nを目のカタキにするアリアも——立場は砦《とりで》って事になる。玉藻《たまも》や伏見《ふしみ》も砦だから、今後星伽《ほとぎ》も砦に寄る公算が大きい。さっきの白雪《しらゆき》の困るような表情は、そういう意味かもな。

今、知る限り——『扉』派は、Nと、俺ぐらいだ。

世の中に超能力者が増えれば、人類の文明は今以上に進歩するチャンスを得るだろう。俺が今までに見た超能力だけを元に考えても、それらには医学、宇宙開発、エネルギー、他にも様々な分野に飛躍をもたらす力が秘められていたと思う。

でも俺が扉派なのは、そういう大きなプラスの話だけが理由じゃない。

むしろ、もっと身近な所に真の理由がある気がする。砦が——安全な現状維持のように見えて、何か破滅的なマイナスに繋《つな》がる危険を孕《はら》んでいるような気がするのだ。

気がするだけで、ハッキリ言葉にできないのがもどかしいんだけどな。

2弾　渋谷ニテ

日付が変わる頃、すっかり熱も引いた雪花《せっか》を置いて——白雪たちは、帰っていった。

それでも心配だったので、俺は雪花がすうすう寝息を立てる客間で看病を続ける。看病と言っても、ただ室内に座って見守るだけだけどな。

（……扉……女……）

ぐちゃぐちゃ考えながら座ってたら、いつの間にか寝落ちしてしまって……

ネモが『友達を連れてきたぞ』とか言って魔女を何人も俺の家に上げ、さらにネコミミ女やらスライム女やらヘビ女なんかも大挙して住みついちゃう悪夢に魘《うな》される。これが、パンスペルミアの扉が拓《ひら》く未来世界……！　あんまり今と変わらない気もするけど……！

突如、左の耳元で、

「——総員《そういん》起《お》こしィィッ！」

めっちゃ良く通る大声で叫ばれ、飛び起きた。

というか反射的に右側に裏返っちゃったよ。で、顔を上げたら——雪花が四《よ》つん這《ば》いで笑ってた。ニカーッと、やたら歯並びのいい白い歯で。軍服の中の推定Eカップ90の胸をブランと重力に従わせつつ。

「貴様は起きるのが遅い。１分で蒲団《ふとん》片付け、３分で洗顔し歯を磨き、続いて海軍体操をするのだ。起立《キリ》ィッ、キヲツケぇイ！　一、左手肩へ！　二、左手挙げ！」

『遅い』って、まだ朝の６時じゃん……

ただ、腕の動きで胸も動いて目のやり場に困るものの、雪花《せつか》は元気になってる。そこは良かった。玉藻《たまも》たちに感謝だな。

縁側で朝の光を浴びながら謎の体操をさせられた後、俺《おれ》は不知火《しらぬい》たちから昨晩あれこれもらっていた事を思い出し、爺《じい》ちゃんの部屋でそれらの紙袋を抱える。

廊下を戻りながらｉＰｈｏｎｅの電源を入れ、

（いいなー、これ人気ありまくりで品薄の高級品だぞ……？）

羨ましくて、少しイジってみる。そしたらカメラ機能が起動したんだが、操作に慣れてなくて元に戻せない。キャンセルボタンはどこだ……？　まあいいか。で、

「おい雪花、あんたには猫に小判だとは思うが――」

がらっ、と、客間のフスマを開けたら。

（……ッ……！）

紙リボンを口に咥《くわ》えて、長い黒髪を結び直そうとしていた雪花が――

「？」

という顔で、振り返ってくる。例の、イバラ模様の白いレース下着姿で……！

白い第二種軍装はキッチリ畳まれて床に置かれており、それまでその軍服にピッチリと縛《いまし》められていた曲線的な女体が——解き放たれている。

雪花のバストは大きいだけでなく、理想的な釣り鐘型。その白く眩《まばゆ》い乳肌を、上部分が大胆にカットされたハーフカップ・ブラが過激に粧《よそお》う。下の細《ほ》っそいTバックと同じで、人間離れした器用さの職人が手編みしたと思われる総レース地だ。これがまた蜘蛛の糸で編んだかのように薄《う》っすくて、柔肉《やわにく》の重みで今にも破れちゃいそうにすら思える。

昨晩ズボンを脱がしちゃった時に蹴られたり踏まれたりした恐怖がフラッシュバックし、トラックに轢《ひ》かれる寸前の鹿みたいにフリーズした俺は——持ってたiPhoneを畳にポトリと、紙袋をバサリと、どっちも落としてしまう。

そしたらその紙袋から、ズルッと白い海軍服が出てきて……それを見た雪花は、

「着替えを持ってきたのか。丁度よかったぞ。海軍士官の服装は常に清潔かつスマートでなければならんからな。第一種軍装が季節柄望ましかったが、贅沢《ぜいたく》は言うまい」

引き締まった美脚で、堂々と、歩み寄ってきたんですけど……!?　白磁みたいな光沢のある胸やオシリをプリンプリンと揺らしながら……!

そ、そうか、雪花は自分を男だと思ってるから、ムリに脱がされたり触られたりしない分には、素肌を見られることをイヤだとか恥ずかしいとか思わないのか……!

「こっちの小袋は肌着か。おお、この形はありがたい。なにせ自分には乳房があるのでな。

昭和初期の日本では一般的でなかったが、ドイツや玲方面《レ》にはこういう乳押さえがあって便利であった。今は日本にもあるのだな。ふむふむ、少し厚手のようだが……」

とか、雪花《せっか》は拾い上げた紙袋から副大臣がくれたワコールの白い下着を出してニコニコしてる。

「元の服は洗濯したい。洗濯桶《オスタップ》が見当たらなかったが、どこだ？」

「オス……メス……な、何……？　せ、洗濯ならッ……洗濯機が、フロ場の方に……ッ」

怯《おび》える俺《おれ》に「ほう、電気洗濯機があるのか！　今の遠山《とおやま》家は贅沢《ぜいたく》であるな。では後ほど使わせてもらおう」とか言いつつ、雪花はその半裸をくまなく見せつけるように回れ右。

その動きで、雪花の長い黒髪に扇《あお》がれるようになった俺に……ふわぁ、と、ピーチ系の……明らかに香水とかではない、雪花自身の甘く女性的な香りが直撃する。これが白雪《しらゆき》にちょっと似た、俺の本能によく馴染《なじ》む、つまり超いいニオイで――

「……っ……！」

俺はパニックになり、慌てて後ずさろうとした右足をどういうワケか左足にぶつけて、自分にバウンドするみたいになって――どさっ……！

「――きゃっ!?」

せ、せっ、雪花を、押し倒しちゃったよ！

向こうが女の子っぽい悲鳴を上げるぐらい、ムリヤリに！

引き締まって見えるのに、触れるとマシュマロのように指が気持ち良く食い込んじゃう雪花の体は——100%、完全に、女体。

なのに、雪花は俺の下で体位を入れ替えてバーンと巴投《ともえな》げすると、

「貴様！　またしても——男の自分に何という事をするかァ！　自分の肉体が女だからとサカったか！　忘れるな！　自分は、男だ！　誇り高き、日本男児、なのだァ！」

俺に右から左からサッカーボールキックとストンピングの雨霰《あめあられ》。いやだからその肉体で男っていうのは無理があるでしょ！　あと顔面を跨《また》ぐような体勢から踏むのはやめて！　下着姿のお姉さんを直下から見るこっちの気持ちにもなって下さいよ！

その後、爺《じい》ちゃん婆《ばあ》ちゃんも起きてきて——朝7時。

ちゃぶ台を4人で囲み、朝メシの時間となった。

「おお。今日は正月でもないというのに、魚や卵、牛乳まであるとは。しかも飯が混入飯ではなく銀シャリではないか。ムッ、美味《うま》い！　何だこの米は。何という品種だ」

ピシッと背筋を伸ばして正座した軍服姿の雪花は、ただの朝メシを大喜びで食べてる。

「え、ただのコシヒカリだと思うけど……」

「コシヒカリは戦後の品種じゃ。卵や牛乳も航空増加食でたまに貰《もら》えたぐらいじゃった」

パンダみたいにアザだらけになった顔でキョトンとする俺に、爺ちゃんが昔の生き証人

としてそう教えてくれる。婆《ばあ》ちゃんも「あの頃は厳しかったですねえ」と苦笑いだ。

「……そうだ、婆ちゃん。金曜はカレーにしてくれよ。海軍じゃ曜日感覚を失わないため、毎週金曜はカレーを食べてたから」

平成生まれの俺《おれ》だけ何も知らないマヌケみたいで恥ずかしかったので、名誉挽回《めいよばんかい》のためそんな知識を披露すると――

「カレーは土曜日である」

「海自が金曜にしたんじゃ」

雪花《せつか》と爺《じい》ちゃんにそう言われ、ここもスベる俺。

その後、朝食を食べ終えて……台所に行った俺が冷蔵庫から缶コーラを出していると、

「氷で冷やすのではなく、これも電気式か。んっ？　この箱型の装置は何だ？」

ついてきた雪花にとっては冷蔵庫や電子レンジも未来の道具らしく、興味深げにしてる。

「それは電子レンジ、食品を温めるものだ。雪花、コーラは知ってるか？」

「甲羅？　貴様発音がおかしいぞ」

「知らない事が分かった。少し分けてやるよ。こんな物も知らなきゃ笑いものだぞ」

と、プラコップに缶コーラを注いでやったら……

「この器は何で出来ているのだ。セルロイドか？　どれどれ……うっ？　何だコレは……あっ、思い出した。この泡、ラムネであろう？　だが色から見て腐ってるぞ。要らぬ」

雪花はコーラ以前に、プラスチックを知らない様子。ヤバイでしょこれは。

この辺……同じ玲《レ》から来た者でも、Nで世間の事を基礎勉強してたエンディミラの方がまだ大丈夫だった。それと文化は表面的に合わせる事ができても、文明はそうはいかない。知らなければ、全くついていけないのだ。

雪花の方が、エンディミラよりも現代日本に適応させる難易度も必要性も高いだろう。

「よし、酒があるな。鐵《まがね》が酒保《しゅほ》からギンバイしてきた物か？　フフッ」

謎の海軍用語を呟《つぶや》きつつ笑顔で冷蔵庫を開けてる雪花を見て、俺は溜息《ためいき》交じりに缶からコーラを飲みつつ……

「そういやあんた、何歳《いくつ》なんだよ。副大臣は87歳とか言ってたが、それじゃ通らんだろ」

女に歳《とし》を聞くのは御法度《ごはっと》らしいが、雪花は自称男なのでそこを訊《き》くと——

「大正十二年生まれの十九歳である。十八で玲方面に出征し、一年を過ごしたのでな」

とか顔を上げて言うから、俺はブッとコーラを吹いてしまう。軍でのキャリアもあるし、オトナっぽいんで、もっと年上かと思ってた。俺より1歳上なだけじゃんっ……

「ほら。やはり腐っていたであろう。貴様も飲むのはよせ」

「……あんたこそ酒を飲むなよ？　今の日本じゃ未成年飲酒で違法になるから」

「では夜に隠れて飲もう。貴様は精神が随分幼いようだが、身体的には自分と同期程度に思える。なので分けてやらんこともないぞ」

とか俺《おれ》と逆の感想を言いつつ、雪花《せっか》は紙リボンでまとめた髪をフリフリしつつルンルン去っていく。

そのまま外出したりしたら事《こと》なので、今度は俺が雪花を追うと……よかった、茶の間に戻ってくれたよ。

「ところで、今日日《きょうび》の鏡は黒いのか？　一応は顔が映っているが、よく見えんぞ。それとこの小さな計器板は何だ。例の無線通信機とは似て非なる物に思える。説明せよ」

今度は液晶テレビとリモコンを前に、そんな事を言うので……

「これはテレビ。こっちはリモコンだ」

と、教育のために俺がテレビを付けてやったら――

「！」

ずざ、と、後ずさるほど驚いてる。

「ドイツで見た事はあったが……テレビジョン受像機が、日本に……!?　しかし薄いぞ、どういう造りだ!?　おお、総天然色だし、日本語で放送をしている！　放送日は何曜日と何曜日だ、放送時刻は何時だ。以後、必ず見たいッ」

「放送は毎日ほぼ24時間体制でやってるよ」

「ううぅ、感動的だ。今の日本では映画《キネマ》が毎日見られるのか。自分は今までの人生で2度しか見たことが無かった」

雪花《せっか》は目をキラキラさせて、時代劇の再放送を齧《かじ》り付《つ》くように見てる。

「リモコンでチャンネルも変えられるぞ。赤外線で遠隔操作するんだ。こうやって……」

「……ッ……！　か、貸せッ！」

画面が変わったのを見て目を丸くした雪花は、リモコンをデタラメに押す。そしたら、
プツン……電源ボタンを押して、消しちゃってるよ。

「おいッ、壊れたぞ！　せっかく見られたのに。エイッ、叩《たた》けば直るかッ？」

「そんな昭和の論理で直そうとするなよッ、ここに電源って書いてあるだろ。あとこれがチャンネル——番組切り替えだ」

「な、なるほど。よく見れば説明が書いてあったな。自分は動転していたようだ」

通信将校だけあって、雪花はテレビへの食いつき方がハンパない。リモコンを持つ俺《おれ》の手元に美人顔をグイグイ寄せてくるし、そのせいで雪花の髪の超いいニオイがするしで、俺はテンパってしまい——少し下がって、テレビの前に正座し直した雪花から離れた。

それからも雪花は「おお」「おおお」とか言いながらテレビを見まくっている。

無邪気なもんだな。

と、しばらく見守ってたら……

「……キンジよ。どうも放送の内容がおかしいぞ」

とか、雪花が背中で言ってくるんだけど。なんか、怒ってるカンジの声で。

「何がだよ」

「美食の映像や、商品の宣伝、遊興や娯楽の話ばかりではないか。報道の番組もあったが、主題は映画スタアの色恋沙汰だ」

「そんなもんだろ」

「――バカモノ！　こんなもの、国民に広く遍《あまね》く伝えるべき情報ではないわ！　何故《なにゆえ》に、このような革新的で有益な装置を用いて、軽佻浮薄《けいちょうふはく》な映像ばかりを映すかァ！　どれもこれも！」

ちゃか、ちゃか、と、額に青筋を立ててチャンネルを変えていた雪花は――

「――キャッ！　こここ、この時代には検閲さえも無いのかッ!?」

奥様向けのメロドラマで流れたキスシーンに大慌てし、両手で顔を覆って目を隠してる。何だよ。自分は男だとか言っといて、動作が乙女じゃん。

俺もエッチな番組はキライなので消してやろうと思い、リモコンを拾いに行ったら……雪花は指の間から、画面をしっかり見てた。耳まで真っ赤にして、額に汗を浮かべながら。あんだけ批判しといて、見たいは見たいのね。そのあたりは男子らしいのかもしれんが。

ともあれ、テレビの一件で雪花は通信については理解する素地《そじ》がある事が分かったので……しばらくの後、さっき客間に落っことしてしまっていた携帯を渡してやる。

「ムッ。これこそは例の無線通信機。自分にくれるのか」

「1人に1台必要な物だからな。今は小学生だって使ってる道具なんだし、さすがに通話ぐらいはこなしてくれよ？　何かあった時、連絡できないと困るから。携帯には1台ずつ固有の番号があって、ここをこうすると電話が掛けられる」

「成る程《なるほど》。呼応操作について諒解《りようかい》である。しかしこのスイッチはどのような構造なのだ。なぜ硝子《ガラス》に触れると釦《ボタン》を押下《おうか》した事になる。自分は軍で、電気回路に関する一通りの事は習ったつもりでいたが……さっぱり、分からぬ」

「俺《おれ》にも分からん。スティーブ・ジョブズに聞け。それはそうと、あんたの将来の話だ」

と、俺は茶の間の畳にあぐらをかき直す。

携帯を左右から挟むように持っていた雪花《せっか》も、正座の向きを俺の方へ直した。

「俺なりに考えたんだが、まずは1週間ぐらいこの家で休んで、それから職探しでもしろ。多分だが、あんたなら現代の日本の常識さえ備われば仕事はあると思うぞ。その辺は俺も手伝ってやるから」

そう提案すると――

「心遣いは有難いが、自分にはやらねばならん事があるのだ。1週間後と言わず、今日、今からな」

雪花は、フルフル。首を横に振った。そして、脇に置いていた軍帽をかぶり直してる。

……イヤな予感がするぞ。

「何をだよ」

「──軍令の完遂である」

軍帽の鍔《つば》の下から、鋭い目で言う雪花は──

こうなってもまだ、戦時中の命令を守ろうとしてるのか。一途《いちず》な人だな。

「あのなあ。だから軍はもう無いんだってば。それに政府の人に聞いたが、玲《レ》一號《いちごう》作戦は軍があんたを終戦前に喚《よ》び戻せなかった時点で失敗に終わってる」

「失敗は認めよう。しかし軍令には失敗、乃至《ないし》万一日本が敗戦した場合の命《めい》もあるのだ」

「……どういう命令だよ」

「特秘である」

ピシャリと言った雪花は、それ以上は何も語らない顔だ。

「……」

「……」

そこからはこの美人さんと睨《にら》めっこになってしまったんで、俺は居心地が悪い。

ただ、ここだけは確認しておかなきゃならない──と、

「『自決セヨ』って話じゃないだろうな」

いかにも旧日本軍が下しそうな失敗時の命令を想像して、尋《たず》ねておく。

「貴様は身内だから偽りなく答えてやろう。違う。消去法で当てられても面白くないので、以降は回答せぬぞ」

じゃあ、まあ……いいか。

この頑《かたく》なさじゃ、何を言っても聞き入れてくれなさそうだしな。

雪花《せっか》は何らかの情報を軍に持ち帰る目的で玲《レ》に出征したが、いま俺《おれ》が言った通り、もう軍が無い。つまり報告する相手がいない。その情報を使って行うべき戦争も、今の日本はやってない。

つまり雪花の取るであろう行動は、全てが後の祭り。空回りするしかないんだ。

雪花はズレているが、ズレているのは時代のズレのせいで、本人は聡明《そうめい》に思える。すぐ、軍令の完遂——自分の行動が、何をやっても誰にも相手されない、徒労だという事を悟るだろう。

そしたらそれから、この時代にノンビリ適応していけばいい。大正生まれだけど、まだ若いんだし。

「分かった、好きにしろよ」

「では軍務に戻るので、刀を返してもらおうか」

——そう来たか。来るだろうとは思ってたけど。

雪花に武器を返すのは、危険な気もするが……不知火《しらぬい》が言ってた通り、ヘタにアサルトライフルとかグレネードランチャーとかを勝手に買って秘密裡《ひみつり》に装備されるよりはマシだ。むしろ時代遅れの武装を与えて、そのレベルに留《とど》めさせよう。

「無闇に抜いたり撃ったりしないって約束するなら、返してやる」

「約束しよう。ここは日本。日本人に向ける刃《やいば》も銃口もあるものか」

「何人《なにじん》にだって向けるな。これはあんたの身分証明書と、金だ」

俺は押し入れに隠していた軍刀、それと22粍《ミリ》南部弾の箱——レプリカだが実弾だ——を出して渡す。ついでに帯銃免許カードと、通帳も。

「補給を感謝する。いや、弾は玲《レ》方面で撃ち尽くしてしまっていてな」

雪花は嬉《うれ》しそうにそれらを受け取り、正刀帯《せいとうたい》にサーベル式軍刀を着剣し直し、十四年式拳銃を服の中から出して弾倉《マガジン》に弾を籠《こ》め直した。さらに、白手袋をキュッキュッと左右の手に嵌《は》めてる。

本当に……1日の休みも取らず、今の今から活動を始めるつもりらしい。なんてタフでアクティブな人なんだ。生き急いでるような印象もあるけどな。

「……内容までは言わなくていいが、1人で出来るのか？　その、軍の命令は」

「創意工夫が必要となる。そこは世間の仕事と同様だ。貴様が言う通り、まずこの時代のことを学ばねば始まらんだろうな。先《ま》ずは改めて街に出て、情報収集にあたりたい。お、そうだ。ではキンジよ、貴様を従兵にしてやる。同行せよ」

雪花《せっか》はニコニコと立ち上がり、俺《おれ》を子分にするような事を言い出したぞ？

しかも街に出るとか、イヤだよ。こんなキレイな親戚を連れて、デートみたいな行為に及ぶなんて。

「断る。今日は俺だってスケジュールが――ぐえっ」

「上官の命令は絶対であるぞ。昨日の軍装によれば貴様は准士官、兵曹長であったろう？自分より何階級も下だ。なーに、安心せよ。優しくしてやるから」

雪花は俺をネコ掴《づか》みして左手で持ち上げ、鼻と鼻が付きそうな距離に美人顔を寄せ――ナデナデ。白手袋の右手で、脳天をくすぐるように撫《な》でてきた。長い睫毛《まつげ》の眼《め》も紅《あか》い唇もニッコリしてるけど、顔の筋肉だけで笑ってる。これ、断ったら怒りの形相に変わって、右手もパーがグーに変わって、リアル軍人のリアル鉄拳制裁が来るやつじゃん……！

チクショウめぇ。政府の皆さんは最初から俺に雪花を確実に押しつけるつもりで、あの場で俺に准士官の徽章《きしょう》を付けさせてたんだな。ハメられた。

（でも……）

雪花には今、現代について学ぼうという意志がある。

それ自体は、いい事だ。雪花本人にとっても、俺の今後の安全のためにも。最初から、そのぐらいはサポートしてやるつもりだったし。

なので、

「分かった。分かったけど。俺は今日、人生を左右するレベルの重要な用事があるんだ。だからその後《あと》、夕方からでいいか？　優しい上官なら部下のプライベートにも配慮しろ」

「ふむ。それなら、それでよし。どのみち自分には貴様の案内が必要なのだ。何をするにしても、見当がつかん事だらけなのでな」

雪花が首吊《くびつ》り状態から下ろしてくれたので、俺は時計を見つつ――いけね、もう時間があんまりないぞ。と、中身を確認するヒマもなく急いで自分のカバンを掴み取る。

そして爺《じい》ちゃんの部屋へ……「夕方の何時に出立する？」とか尋《たず》ねてきながらの雪花がついてきてしまうが……行き、

「爺ちゃん。俺は今日、高認――前は大検って呼ばれてた試験の追試に行ってくる。本来来月なんだが、期日前追試験って制度で受けれる内に受けとく事にした。また事件とかで受けれなくなったらヤバイしさ。それから雪花に今の街を見せるんで、遅くなる」

そう声を掛けると……

あぐらをかいてこっちに背を向けていた爺ちゃんは、「ん？　お、おう。行ってこい」と、何やら読んでた雑誌をザブトンの下に押し込むように入れた。

そしたら雪花が、急にギロリッと目を鋭くさせて――

「――鐵《まがね》。貴様、いま何か隠したな？　検閲するッ」

ずかずかと六畳間に踏み込み、どーん！　爺ちゃんを靴下の足で払《はら》い除《の》ける。

そして、ザブトンの下から――爺《じい》ちゃんがいい歳《とし》こいて朝から元気に読んでいたらしい『お宝ガールズ』なる雑誌を鷲掴《わしづか》みして取り上げた。表紙に思いっきり、ビキニ水着姿のアイドル写真が載ってるやつ。

「きっ、貴様ァ……このようなヘルブックを……！　そこに直れ！　キヲツケぇイ！」

雪花《せっか》に怒鳴られ、爺ちゃんは反射的にビシィっとキヲツケの姿勢になってる。つられて俺《おれ》も直立不動になってしまい「へ、ヘルブック……って何語……だ？」と額にタジ汗だ。

「海軍ではエロ本をそう呼んでたんじゃッ。助平本《すけべえぼん》の助《すけ》をヘルプと英語読みして……でも、ガチで返對《へんたい》な本じゃないんじゃッ。無名時代のアイドルとか女子アナのお宝写真を――」

「――問答無用ォ！　海軍精神注入棒《バッター》を持てェい！　病舎送りにしてくれるわ！」

爺ちゃんの自己弁護にも聞く耳を持たず、こういう事に表面上は潔癖な人らしい雪花は怒髪天。鬼軍曹、というか鬼中佐モードだ。その稲妻みたいな声には俺もヒェッとなってしまい、ばさり。鞄《かばん》を落としちゃったよ。

そしたら、ちゃんと中身を整理してなかった鞄から……シャッ、シャッ……と……

（……ッ……！）

かなでが入れてくれていた、二次と三次のスペシャル本が滑り出てきてるよ！　なんで今ここで出てくるかな！

「――きゃァっ！」

こっちはもう表紙からしてガチのやつなので、雪花は元々大きな目を2倍ぐらい大きく開き、軍帽の下の顔を赤色灯のように真っ赤にしてる。

そして怒りが行くところまで行ったのか、むしろ冷静になった声で……

「——科学力は、向上したものの——馬鹿を治す薬は発明されなかったようだな。いや、貴様らを馬鹿と言うのは馬や鹿に悪い。これは軍法会議で厳罰必至。総員罰直で他を巻き込まんよう、ここで闇に葬ってやるッ！」

ジャキンッ、と、据わった目で早速出したぞ！

後ろ重《おも》な形状が妙にコワイ、十四年式拳銃を！

「ぐ、軍法はもう無いっ！　逆に不規則銃撃は改正銃刀法でそっちが違法になるぞっ！まあ不要不急の発砲をしまくるヤツも俺の身の回りに何人かすぐ思い当たるが……それはともかくだ、俺がこういう本を持っていたとして——実際持ってたが……女が身の危険を感じて怒るならともかく、雪花は男なんだろっ、なんで怒るんだよっ!?」

俺が逆ギレをかますと、雪花は——

「何イっ？　それは、その、だな……ッ」

かぁあああぁ、と……また茹《ゆ》でダコみたいに赤面して、口ごもってる。

そしたらその隙を見て、

「姉ちゃんのションベンタレ！　尋常5年になってもオネショしてたくせにイキるんじゃゃ

ないわい！　濠蜥蜴《ほりとかげ》！」

あっ！　爺《じい》ちゃんが孫の俺《おれ》を見捨てて、壁を這《は》って窓から逃げた！

「こらァ鐵《まがね》ェェェ！」

小５までオネショ癖があったらしい雪花《せつか》が、パンパァン！　と発砲するが、爺ちゃんは濠蜥蜴がゴキブリ並みに上手《うま》いので時既に遅し。よし、雪花が窓の方を見てる内に俺も！

「濠蜥《ほりと》か――ぐえっ」

「逃げるな兵曹長ッ！」

しかし雪花はレーダーみたいに視野が広く、振り返って俺の頭髪を白手袋の手で鷲掴《わしづか》み。

――そしたらその動きで、ぴょーん！　雪花のお尻パッツパツの白ズボンのポケットから、ｉＰｈｏｎｅが飛び出て畳に落ちてしまった。

「ムッ、通信機がっ」

雪花はそれを拾い上げ、壊れてないか触り……手袋をしたままだと画面が反応しないと気づき、手袋を咥《くわ》えて片方外す。そして、ちょいちょい、とタップして――

「よかった、故障しておらん。んっ……？　な、なんと。これは映像も撮れるのか」

とか驚いてるので、話題を逸《そ》らして活路を見いだせるかもと思った俺も画面を覗《のぞ》く。

そしたら動画が再生されてて、うちの床板が映ってる。インカメラで撮影した俺の顔も出た。雪花にあげる前に適当にイジってた時、動画撮影モードにしちゃってたんだな。

続いて、動画は急にブレた。雪花が半裸だったんで、俺が落っことしちゃったからだ。落ちた携帯は壁際に立てかかったらしく、ナナメ下から室内を映し続けており……そこに……下着姿の雪花が……！　下から煽《あお》るアングルで撮れちゃってる、高性能なカメラで、主に下半身を、ねっとり、ばっちり、くっきりと……！

「……ッ……！」

そのヘル動画に、ぞぞぞ、と雪花が小刻みに震え――明らかに撮影者が俺なので、

「……貴様、やはり自分を邪《よこしま》な目で見ていたのだな……!?　身内にサカるとは犬猫か！」

「それ白雪《しらゆき》に言ってやってくださいよ……！　いやこれは偶然、不運にも――」

ワナワナ震える雪花があまりにもコワイくて、つい敬語になっちゃう俺である。

「卑劣にも盗み撮りをして、後でコソコソ見て、どうするつもりだったのだァ！　自分は男だと再三言っておるだろうッ！　女の形をしているなら誰でもいいのかァ！」

「女の形をしてるなら誰でもイヤです！　――うぐえっ」

がしィィっ！　雪花は俺を、鯖折《さばお》りみたいに両腕で抱きしめ……

「よォーし。よしよし……」

完全に逃げられなくなった俺の頭をナデナデして、急に猫なで声を出してきた。全ての怒りが解放される寸前、って感じの声色で。こわいこわいこわい。

「今から自分が、貴様の破廉恥な根性を叩《たた》き直してやる。今は平和な時代。銃ではなく拳

……精神注入棒《バッター》も見当たらんから、動かなくなるまでの鉄拳修正で許してやるとしよう。よしよし、良かったなぁ、遠山《とおやま》兵曹長。よぉしよし……歯を――食いしばれェェいッ！」

雪花《せっか》が俺《おれ》の前襟を掴《つか》んでロックし、鬼が笑ってるみたいな顔になり、ぶぅうぅん！　と、白手袋の拳を振りかぶる。暴力のハードルが下がったのに高い！　さすが昭和の人――！

南無三！


雪花の鉄拳修正――陸軍では鉄拳制裁と呼ばれる行為で頭から公式が幾つか消えた気もしたが、目黒区《めぐろく》大岡山《おおおかやま》にある東工《とうこう》大で行われた高卒認定の追試は手応えアリだった。不可だった物理１教科しか受けなくてよかったしな。

で、夕方の今からは雪花に現代の街を見せてやらなきゃならない。

でも女子を連れて街を歩くなんて人生で最も避けてきた行為だし、さらにそれが年上の女子となると難易度ストップ高。どこへ行けばいいのか、まるでアイデアが湧かないな。

（目黒と巣鴨《すがも》の間のどこか……じゃあ渋谷《しぶや》でいいか。現代感あるし）

適当にそう決めて、俺は実家に電話し――婆《ばあ》ちゃんに雪花を巣鴨駅まで送ってもらい、電車の乗り方を教えておいてもらう。

一方こっちは先に着いた渋谷で、駅前の銀行からキラキラローンに借金を返済しておく。

『不可別段討捨《うちすてべつだんすべからず》、不可蹴倒借銭《しゃくせんけたおすべからず》』。遠山家の家訓では、金を借りたままにするのは殺人より重罪とされてるからな。雪花と会う前に、身ぎれいになっておこう。

今のは再建したものだが、戦前からあったというハチ公像の前で……待ち合わせ時刻になっても雪花が来ないから、不安になって電話する。そしたら、5コール目で出た。

『応。雪花である。ケイタイは明瞭な呼び出し音が鳴るのだな。緊急電鐘《でんしょう》かと思ったぞ』

「今どこだ」

『渋谷駅のデパアトを出た所である。お、貴様が見えたぞ』

とか言うので振り返ると、東急《とうきゅう》デパートから雪花が紙袋を提げてやってきていた。白い軍服姿で、堂々と。とはいえ人々はそれを海上自衛隊の制服だと思ってくれてるらしく、騒いだりはしてない。海軍と海自の服が似てて、良かったぁ……

「改札は機械化されていたが、電車そのものは自分の時代とそれほど変わってなかったな。安堵《あんど》したぞ」

「へえ、そうなのか……買い物してたのか？」

「うむ。いやはや、戦後のインフレーションは天文学的な率だったのだな。これ一揃《ひとそろ》いで海軍大将の俸給1年分と同じ額だ、ハハハ。ほら、荷物持ちをせよ従兵」

とか言って小ぶりな紙袋を押しつけてきたから、中身を査察すると——うおっ……！

……し、下着だッ……！　今朝見たのと似たような白一色で、綾取《あやと》りができそうなほど細かったり、向こう側が透けて見えるほど薄かったりする、レースのやつばっかり……！

なんでこの人コレについてだけはハッキリ女なの⁉　迷惑な！

という俺《おれ》の仁王像みたいな顔を見て説明が必要と思ったか、雪花《せっか》は指を立てて語る。

「帝国軍人は体に合う軍服を着るのではなく、軍服に体を合わせるべし——とは言うが、自分の肉体は特殊である。更に玲《レ》方面で自分は成長し、部位によっては体が軍服を内から押すようになった。そのため、しばしば肌着やその紐《ひも》の形が背や尻に浮かんでしまってな。栄えある軍装をそのような無様な見た目にせぬよう、肌着は極力細く薄いものにしている。これが創意工夫というものである」

雪花の下着が細細の薄薄で白白なのは——ブラ紐《ひも》とかパンツラインが浮かび上がらないようにするため、白い軍服に透けて見えないようにするためだったのか。

一応の納得はいかない事もない創意工夫だが……こんな物持たされて歩くの、俺……？

「貴様も身だしなみはスマートにせよ。ネクタイが曲がっておるぞ。スマート、ステディ、サイレントが海軍のモットーである」

「俺は軍人じゃなくて……武偵《ぶてい》、だ」

俺のネクタイを直してくれる手つきが優しいのと、その動きで雪花のシャープな美貌や気高そうに背筋を伸ばした体が急接近してしまって——俺は、途中から声の勢いを失ってしまう。イヤだなぁ、困るなあ、美人のお姉さんって存在は……

それから雪花を連れて、スクランブル交差点を渡ってセンター街に入るんだが、

「小用を足しに入ったら、デパアトの厠《かわや》が全て西洋式だったのには驚いたぞ。西洋式は、自分の時代には海軍施設でも陸上《おか》には無いものだったからな。ハハッ」

多分だけど男子トイレの個室に入ったのであろう雪花は男子っぽくそんな話をするわ、鞄《かばん》と一緒に提げた紙袋の中はヒス爆弾だわで、いろいろ想像してしまって早くも胃が痛い。

「時に、貴様は何の試験を受けていたのだ？」

「高認だよ。大学を受ける資格を得るための試験だ」

「——大學《だいがく》？　そんなもの、ヒマな金持ちだけが行く所であるぞ？」

キョトンとする顔が案外かわいい雪花は、なんか大学に対する評価が低いな。昔は多分そういうものだったんだね、大学って。

「今はそうじゃないんだよ。金が掛かるのは変わってないけど。学歴が無いと、勤め先もなかなか見つからないんだ」

「遠山《とおやま》の人間に勤め人は合わんぞ。どうせ貴様も仕事は長続きせず、転々とするだろう」

なにそのコワイ予言。でも俺は今のところ、コンビニも、饅頭屋《まんじゆうや》も、教師も、結果だけ見れば何一つ長続きしてない。遠山家の人間って代々そうだったの？

いや、でも初代・遠山金四郎景元《きんしろうかげもと》は町奉行。現代で言う都知事みたいな仕事をしてた人だ。政敵にハメられて左遷されたけど。父さんだって東京《とうきよう》地検の武装検事、レッキとした公務員だったんだ。殉職扱いでドロップアウトしたけど。

（……俺《おれ》、将来……どう転んでもツライ人生を送るの……？）

俺もそういうお年頃なのか、迫り来る大人時代を前に鬱になりかけていると――

「――こら、そこの君《きみ》ら。待て」

雪花《せっか》が、近くを歩いてた女子高生のグループに声をかけた。厳しめの声色だが、それでナンパみたいに足を止めさせてる。

「え、何？」「ウケるんだけど」「コスプレしてんの？」「カッコいいじゃん」

松丘館《しょうきゅうかん》の前時代的な黒ギャルたちほどギャルではないものの、そこそこギャル入ってる渋谷《しぶや》のギャル４人組は――自分たちのミニスカートから出た生足を軍刀の鞘《さや》で示してくる雪花を前に、キャッキャッと笑ってる。

「脚《あし》。若い娘が猥《みだ》りに肌を出すものではない。今日は見逃してやるから、以後改めよ」

俺も短いスカートはヒス的にイヤだが……この４人の制服のスカート丈は膝上５㎝程度。常識の範囲内だ。スカートの長さには流行《はや》り廃《すた》りがあって、今の流行は見せパンが必要なレベルの短さじゃないからな。

だが雪花的には、そもそも女子が生脚を出している事が気にくわないらしい。風紀委員みたいな目で、女子たちのスカートをギロギロ見てるよ。多分だが、戦時中の人にとってそれはハシタナイ服装って事になるんだろう。

「……？　何て言ったの？」「スカート短いってことじゃん？」「そんなのアタシらの自由

でしょ」「そう、自由自由。お姉さん、後ろ見てみなよ」

そう言われた雪花と一緒に俺が振り返ると、そこには——もうかなり寒いのに頑張って太ももを付け根まで出した、デニムのショートパンツ姿のお姉さんが歩いてる。

「……！　なっ……なんという破廉恥な……！　まるでキャバレーの女給だ……！」

それを見た雪花は、下着いっちょで街を歩いてる人を見たかのように愕然《がくぜん》としてる。

さらにそのお姉さんとすれ違う形で、突飛で奇抜なロリキタ服を着た女子２人組が厚底シューズでトコトコ歩いていくのを見て——

「……!?　あれは……魔法使い、か、何か、か……？」

言葉が途切れ途切れになるほど、ビックリしている。あれは厚着してるけど、それでもカルチャーショックを受けるのね。

女のファッションは、時代によって最も変わるものの一つだからな。逆にセンター街をもんぺ穿《は》いて防空頭巾被《かぶ》った女の子が歩いてたら、俺たち現代人もビックリするだろう。

それからも雪花はパンクなバンギャ、きゃりーぱみゅぱみゅっぽく七色に染めた髪の子、絶滅危惧種のヤマンバギャル、敢《あ》えての全身ヒョウ柄、シロクマみたいなボアジャケット、タトゥータイツ、チュールパニエ、カラコンなどなど——渋谷を行き交う自由すぎる女子たちの姿にオロオロしてる。モノによっては人間だと認識できてないような狼狽《ろうばい》ぶりだ。

（あー……これは……ちょっと、連れてくる場所を間違えたかな……）

そう思った俺《おれ》は——雪花《せっか》の背を押し、

「おい雪花、移動するぞ。男は、そんなに変わってないから」

センター街を南へ退却——日本軍では戦略的転進って言うんだっけ——していく。この先にはオフィスビルの多い一角もあったハズだ。そこで落ち着かせよう。

と思ったんだが、俺に渋谷《しぶや》の土地勘が無いのが災いした。

(……しまったァ……!)

飛び込んだ細道の左右には、キャミソール姿のお姉さんの写真とか、一見カワイイけどそこはかとなくいかがわしいイラストとかの看板がズラリ。それらには通常の飲食店より大幅に高額な飲み代と、滞在していい時間らしき数字が併記されてある。生々しいな!

「うおおおッ」

「わあぁあぁ」

そういうのがニガテで顔を伏せる俺が、そういうのがニガテらしく顔を手で覆う雪花を押してダッシュする。通行人の皆さん、スミマセン。避《よ》けて下さってるのが分かります。

そうこうして、TBJ《タベルジエ》の3号店も中にあるファッションビル・SHIBUYA109の脇に出ると——キュッ! 雪花が急ブレーキを掛けて、背中に俺が追突した。

「イテテ……どうしたんだ、急に」

「——あそこから軍艦行進曲が聞こえるぞ。海軍の施設か? おお、賑《にぎ》わっているな」

雪花が嬉《うれ》しそうに指さしてるのは──夕方になりネオンを灯《とも》し始めた、パーラーだ。

「……いや、あれはパチンコ店。最近は減ったが、集客のために軍艦マーチを流すんだ」

「な、何ィ……？　遊技場の宣伝に誉れ高き軍歌を使うとは、不届きな──キャァッ！」

怒りの形相になったかと思ったら、雪花は黒髪を白リボンごとピョーンと跳ね上げさせ、ビビり顔で俺に抱きついてきた。

むにゅりんっ、と、白雪《しらゆき》・萌《もえ》・リサ・安達《あだち》ミザリー級の二連装マシュマロ砲が密着してきたもんで、俺もビビりまくりだ。何。何。今度は。

「な、なな、なぜ科学が発展したのに、あれを絶滅させられずにいるのかァッ！」

金切り声を上げた雪花は、歩道脇に落ちてたコンビニスイーツの袋……からチョロリと出てきたネズミに震える指を向けてる。

あー、東京《とうきょう》には最近けっこうクマネズミが出るからな。でも、そんな怖がるようなもんでもないだろ。不潔だとは思うけど。

とか思ってたら、雪花はネズミが生理的に大キライらしく──ジャキィッ！　十四年式拳銃を抜いたぞ、人のいっぱいいる街のド真ん中で！

「おいよせやめろ、こんな所で銃なんか撃つなッ！」

俺は十四年式をパニック顔でコッキングしようとする雪花の手を掴《つか》み、初弾装填《そうてん》を阻む。

「撃つ、ネズミは撃つ！　ええいジャマするな、見敵必殺《けんてきひっさつ》であるーッ！」

「渋谷《しぶや》は生ゴミが多いからいっぱいいるんだよ！　1匹撃ったところで無意味だから！　撃つな！」

「やだ！　撃つ撃つ！　撃つったら撃つんだあ！」

うわっ幼児化した！　自分の思い通りにならないからって！

ネズミを前にしたドラえもん状態の雪花《せつか》と、俺《おれ》が揉《も》み合《あ》っていると……

「What's going on?《どうしたの》」「Oh hey, calm down《まあまあ落ち着いて》」

――声を掛けられた。アメリカ英語で。見れば外国人観光客のアメリカ人男性2人が、俺たちの仲裁に入ろうとしている。男女でケンカしてると思ったらしい。

そしたらその2人を見た雪花がギョッとして跳び上がり、

「――敵見ゆ！」

ネズミのショックで目をグルグルさせたまま、今度は銃口をそっちに向けたぞ！

親切で声を掛けてくれた2人には悪かったが、俺は慌てて「Get away!《逃げろ》」と怒鳴り――2人も雪花の銃にやっと気付いて、「My God!!」とか悲鳴を上げげつつ走り去っていく。

「逃げるな卑怯者《ひきょうもの》ォ！　追うぞ兵曹長ッ！　米英何するものぞ！」

「ああもう！」

やっと十四年式の安全栓《セーフティ》を回せた俺は、ご乱心の中佐殿を――えいッ……！　抱き上げ、自由を奪う。雪花は身長があってアリアみたいに小脇に抱えられるサイズじゃないので、お姫様抱っこになってしまったが。

ううっ。第二種軍装は薄手だから、片腕に伝わってくる雪花の太ももの適度に柔らかな手応えがツライ……！

しばらくすると雪花は落ち着きを取り戻してきて、「……下ろせッ！」と白手袋の手でアッパーしてきた。それでお姫様抱っこをやめて立たせたら、

「……」

なんでか真っ赤になって俺を横目で睨《にら》みつつ、軍帽を直している。

機嫌が悪いようなドキドキしてるような謎の表情だが、とりあえず正気には戻っているみたいなので――俺は手首に掛けていた鞄《かばん》と紙袋を手に提げ直し、

「えーっと、この辺だったと思うんだけどな……」

オフィス街を目指し、渋谷の外れをウロウロ歩く。

しかし、さっきメチャクチャな経路で走り回ったせいもあり……道に迷ってしまった。で、当てずっぽうに円山町《まるやまちょう》や神泉《しんせん》を行ったり来たりして、夜7時半ごろになってようやくオフィスビルの多い一角に着く。

「ほら、男のスーツは昔とあんまり違わないだろ」

会社から出てきたり入っていったりしてるサラリーマンを示して、俺はそう言うが……

長い髪をふりふり揺らして前後左右のビルを見回す雪花《せっか》は、

「いずれのビルヂングも、窓が明るいのだが？」

どうも、違う事が気になってるっぽい。

「あんたの時代にも電球はあっただろ。働いてるんだから、電気は付ける」

「今日は日曜日ではないか。もう、とっくに日も暮れたではないか。それなのに男たちは妻子のもとに帰らず、なぜグズグズと働いておるのか。家は国家の基本。亭主は家で妻と仲睦《なかむつ》まじくし、子を慈しむべきであろう」

「まあ、俺《おれ》もどうかとは思うが……みんな金が無いんだ。だから休日でも深夜でも働いて残業代を稼がなきゃならないんだよ。そうしなきゃ妻子なんかとても養えないしな」

俺が溜息《ためいき》交じりに言うと……

雪花は、悲しげな顔になった。

自分のためではなく、みんなのために悲しんでいるような——国を憂《うれ》うような、顔に。

「なぜだ。貴様らの時代では、家は博物館のように物に溢《あふ》れ、有益な科学の恩恵が万民に行き渡り、食糧事情も夢のように良くなっているではないか。それなのに、貧しいのか」

「そうだよ。俺だって素寒貧だ。どこも不景気だからな」

と言う俺の言葉に、雪花はションボリし、

「いや……自分も、何かがおかしいとは思ったのだ。ここへ至るまでに、道端で宿無しを何人も見た。ごみを漁《あさ》る者もいた。あれは失業者であろう。まるで一九三〇年代のような光景だった」

「世界恐慌の直後の事か？　……そうなのかもな。不況は延々続いてるし」

「……自分の時代も厳しいものであったが、この時代も厳しいのだな……」

あちこち歩き回った結果、こうして雪花が気落ちしちゃったのは……

連れ歩く場所を誤った、俺のせいだな。もっと雪花が喜ぶように、今の日本のいい所を見せてやれば良かった。

俺はどうすれば女子の機嫌を取れるのか分からず、適当に渋谷《しぶや》へ連れてきた。

それで雪花が見たものは、アホみたいなカッコして遊び惚《ほう》けてる若者たちと、歓楽街と、クマネズミ、アメリカ人、働きづめの大人たちぐらいだ。

「帰ろう」

俺は、渋谷駅に戻る道を歩き始める。渋谷は文字通り谷なので、駅に行きたい時は坂を見つけて下っていけばいい。帰りは迷わないよ。

「なんか、ゴメンな。命懸けで守った日本が、こんな国になってて……辛《つら》かったか？」

「……いいや。戦争に負けても、まだ日本はあった。まずは、それでよい」

元気なく言う俺を気遣うように、隣を歩く雪花が優しい声を返してくれる。

だが、程なくして入った道玄坂《どうげんざか》を上から眺める雪花は——

「しかしこの日本は、かつての日本とは異なる精神から成っているな」

その鋭く美しい眼《め》をキリッとさせて、そう言い出した。

「異なる……？」

「テレビジョンの映像や、この街の光景からそれがよく分かった。物は豊かになったが、心が貧しくなっている。日本は滅ぼされなかったようであるが、自ら滅びつつあるのだ」

そう言う雪花《せっか》の眼は、この街を睨《にら》んでいる。

なんか……このデートの失敗が、今後に与える悪影響は……

「遠山《とおやま》兵曹長——この国を、叩《たた》き直すぞッ！」

思った以上に、大きそうだぞ……？

3弾　遊《ユウ》一《いち》號《ごう》作戦

至誠《しせい》に悖《もと》る勿《な》かりしか――誠実であったか。
言動に恥づる勿かりしか――発言や行動は正しかったか。
気力に缺《か》くる勿かりしか――気力を欠かなかったか。
努力に憾《うら》み勿かりしか――惜しみなく努力をしたか。
不精《ぶしょう》に亘《わた》る勿かりしか――怠けずに取り組んだか。

無職の俺《おれ》には特権がある。行く所がないので早起きしなくていいのだ。

だから、朝は寝床でグーグー……してたら、雪花に叩き起こされた。

で、朝メシの間じゅう「貴様は弛《たる》んどる！」とガミガミ説教され、海軍の『五省《ごせい》』なる訓戒を叩き込まれた。こんなの教わったところで、人間そんなに完璧には行動できないよ……

ちなみに雪花の機嫌が悪いのは昨夜の渋谷《しぶや》からの帰り、満員の山手線《やまのてせん》で――不可抗力で壁ドンの体勢になってしまい、さらに新宿《しんじゅく》で乗客が増えたせいでギュウギュウと抱き合うようにくっつかされてからずっとだ。

雪花《せっか》は電車内では赤くなってうつむいて一言も喋《しゃべ》らなかったくせに、巣鴨《すがも》で降りるなり「なぜ自分の乳房にばかり強く体を押しつけるかァ！　この犬猫めェ！」と俺《おれ》をビンタ。なぜと言われても、そこがあんたの体で最も前に迫《せ》り出てる部分なんだからしょうがないでしょうに。

電車が揺れるたびモチの柔らかさとゴム鞠《まり》の弾力を併せ持つ胸の砲撃を体に食らい続け、ヒス的な毒ガスである雪花の甘ったるい頭部のニオイを吸引し続けなければならなかった俺の方こそ、謝罪と賠償を要求したいところである。

そう思っても言うに言えない俺が——爺《じい》ちゃんと婆《ばあ》ちゃんが町内会で出かけた午前中、縁側で正座してお茶を飲んでる雪花の背中を横目で睨《にら》みつつ、茶の間で勉強してたら……

——ピンポーン。うちのチャイムが鳴り、

「キー、くーん！　あーそーびー、まーしょー！」

うちが昭和の家っぽい造りだからか昭和の子供みたいに叫ぶ、理子《りこ》の声がするぞ……？

はい無視。居留守確定。

といきたいところだったが、危機管理意識がビビッと働いた。ヤツは俺の実家の住所を知らないハズなので——アリアか白雪《しらゆき》がゲロしたに違いない。どっちかが一緒にいるぞ。

そう思って、こわごわ玄関に行ってスライド扉を開けたら……案の定、いた。

武偵高《ぶていこう》の制服姿の理子と、アリアが。学校はどうした。単位富裕層どもめ。

なお俺的に、アリアと白雪にどっちが当たりという事は無い。どっちもハズレなので。

「よーっす！　雪花たんは元気ですか！」

「なんでいきなり来たんだよ2人とも。まず電話しろッ」

そしたら逃げれたのに。

「そしたら逃げるでしょあんた。それにあたしが掛けても出なくて、後で気付かなかったフリするし。まさか着信拒否してないでしょうね？」

クソッ。日頃の行いが裏目に出たか……！

「今うちはイギリス人はマズイんだよ、雪花が未《いま》だに敵国認定してるし。理子も金髪だし、見た目的に――」

とか俺が言ってる間に理子の目がキラキラしてきて、アリアは、ちょい、とスカートを少し持ち上げる跪礼《カーテシー》をした。俺の後ろに現れた人物に。

「ふむ。君らは、あの地下の基地にいた女子たちか。そちらはたしか、アリア嬢。先日は大変な失礼をした。もう1人の君は？」

あれれ……振り返ったら雪花が玄関に現れてたんでヒヤッとしたものの、なんか対応がスマートだぞ。イケメン顔でアリアと理子を『君《きみ》』扱いしてるし。

「峰《みね》理子。りこりんでーっす！」

「ははは。かわいらしいな。さあ、2人とも上がりなさい。ああ、敬語は使わなくて良い。

——おい兵曹長、茶を持て」

え、なんで笑顔なの？　あっ、自陣に引き入れて逃げられなくしてから戦闘に持ち込む作戦か……!?

「ところでアリア嬢。君は日本人ではないのか？」

来た！

「神崎《かんざき》・Ｈ・アリア。日本人よ。二重国籍で、日本とイもごもご」

「イ——イタリア！　ほらアリア《Aria》ってイタリア語だし!?　ドンパチする必要はないぞ!?」

俺《おれ》はアリアの小《ち》っちゃいお口を手で塞いで、日独伊《にちどくい》三国同盟の仲間という事にしようと頑張る。まあ終盤イタリアは裏切ったけどね。アリアがイギリスのイまでは言っちゃったからしょうがない。

「がう！　何すんのよ！」

いたた！　アリアに手を噛《か》まれた！　手首の辺りまで思いっきりガップリと！

「ははは。元気なお嬢さんだな。おお、健康的な犬歯だ」

雪花《せっか》はアリアに、ここでも大らか。

……友軍認定してくれたのかな？

「そ、そうなんだよ。アリアから元気と健康を抜いたら消滅するってぐらいのもんでね」

俺は自分でも何だか分からん事を言って場を繋《つな》ぎつつ、アリアの口内で『いいから話を

合わせろ』とベロに指信号《タッピング》。一方の理子《りこ》も珍しく空気を読み、『ここは日本人という事で通した方が良さそう』と思ったらしく、

「理子も日本人だよっ。占領地暮らしが長かったですけど？」

とか、ツーサイドアップのフワフワ金髪を自ら示して説明してる。海外で暮らしてると髪の色が変わるんかい。んなアホな。

「君たち。外国人であるからと、自分の前で硬くならずともよい。帝国海軍では平時なら外国人に相応の理解を以《もっ》て接し、ある程度まで礼法習慣に倣ってもよい事になっている」

あんた昨日アメリカ人を見るなり射殺しかけてましたやん。ネズミを見てパニック状態だったとはいえ。

「あとキンジ。貴様はお二人ともっと離れて歩け。兵学校では異性交遊が厳に禁じられる。彼女たちに限らず、婦女子との接触は禁止である」

じゃあまずあんたがどっか行ってくれよ……！　と言いたいところだが雪花は自称・男なので言うに言えない。

ただ、それきっかけで分かったが——雪花の態度には、相手の性別によるあからさまな違いがある。きっと海軍に『戦闘中でない時は、女性にはジェントルに接するべし』的なルールがあったんだ。昨日の渋谷《しぶや》でも、女子高生にはナメられるぐらい優しかったもんな。

じゃあ俺もまたクロメーテルになろうかな。手元にヅラが無いからなれないけど。

客間に上げてやったアリアと理子《りこ》に茶を淹《い》れ、雪花《せっか》と4人で欅《けやき》の座卓を囲む。遠山《とおやま》家に来ると行儀が良くなるアリアは、慣れない正座をしてる。遠山家に初めて来た理子もだ。

「で、何の用事だよ」

俺《おれ》が仏頂面で尋《たず》ねると、アリアが自分のiPhoneを出してきて——

「雪花さんが話題になっちゃってるのよ」

「理子が見つけたんだよー！」

……何？　と、画面を覗《のぞ》き込《こ》んだら、ゲッ……

ユーチューブの動画に、白い軍服姿の雪花が映ってるぞ……!?

映像は夜だ。背景に東京《とうきょう》ドームが見切れてる。水道橋《すいどうばし》の辺り。という事は、一昨日《おととい》。雪花が霞《かすみ》が関《せき》で姿を消し、徒歩で巣鴨《すがも》に向かっていた途中で撮影されたものだ——

「おお。自分が映っている。君が撮影していたのか？」

「あたしじゃないわ。誰かが勝手に撮って、ネットにアップしたの」

「ネット？　網は見当たらないが……」

雪花はキョトンとしてるが、俺は真っ青になって動画を見る。

——外堀通りらしい広い道路に、ハザードを点《つ》けた真っ赤なベンツが停《と》まってる。後部座席の窓にはスモークシールド。おヤクザさまの車じゃん。フロントバンパーに、大きな凹《へこ》み。その真ん前で、一旦は尻もちをついてた雪花がムクリと立ち上がる。殺刻《サツコク》で雪花が轢《ひ》かれまくり、撥《は》ねられまくってた事故の、その1件を捉えた映像らしい。

カツッ、と軍刀を杖《つえ》のようにして仁王立ちする画面の中の雪花は――『おい姉ちゃん！　急に道を渡るんじゃねェよ！』と車から出てきて怒鳴る開襟シャツのチンピラたちに、

『――貴様、なんだその服装は！　皇国臣民に相応《ふさわ》しく襟を正せ！　キヲツケぇイ！』

キリッ！　とした顔で、凛々《りり》しく叫ぶ。やっちゃってる……帝国軍人ムーブ……！

『あァ？　クスリでもキメてんのか!?』

『ギャハハ！　テメェこそ何だそのカッコ！』

やっべ、チンピラたちが銃を出してるぞ。手つきはシロウト丸出しだけど。

『日本語を喋《しゃべ》れはするようだが、どうやら非国民のようだな。よし、直々に修正してやる。かかってこい。この遠山雪花、逃げも隠れもせぬ。世の悪共を撃ちてし止《や》まん』

うう、実名まで言っちゃってるぅ……！　いま言う必要あった？　もうやめて……！

雪花じゃなくてチンピラたちの命が心配になって、その後をハラハラ見ていたら――

『お前ら、やめとけ。そのお嬢さんは……本物だ、何かが違う。行くぞ』

車から最後に出てきた高そうなスーツの若頭らしき男が、チンピラたちを収めている。

その顔には、かなりの緊張感と汗があり――雪花が自分たちをマジで殺しかねないというムードを悟っている。よかった、ベンツ側にもそういうのを見抜けるヤツがいてくれて。

じゃなかったら殺人事件になってたかもですよ。

動画はそこで終わり、

「自分は、この時まだ東京《とうきょう》が外国と混ざっているように思えていてな。ヒットラー総統のパレードを見た時に彼が乗っていた車と同じ紋章《エムブレム》だったので、ドイツ軍人の車かと思い、停《と》めて事情を聞こうとしたら撥《は》ねられたのだ。流石《さすが》ドイツ車、頑丈で痛かった。ハハハ」

「ハハハじゃねえよ……」

「動画、他にもあるわよ」

「ぜーんぶ理子《りこ》が見つけたんだよー」

雪花《せっか》がヒトラー本人を見た事があるのも驚きだが、アリアと理子のセリフにもビックリして——見せてもらったら、

『軍人が歩いてる』『軍人芸人だ』『軍人芸人の軍服は再現度がハンパないぞ』『私は今、ウワサの軍人芸人を見つけました。場所は渋谷《しぶや》の東急《とうきゆう》デパート。パンツを買ってます』

などなど、一昨日《おととい》と昨日に隠し撮りされたらしい動画がザクザク出てくる。

海自の制服に似てるんでごまかせてたつもりだが、分かる人には分かっちゃってたんだ。

「雪花。人に携帯を向けられたら気をつけた方がいいわよ？　ユーチューブにアップされたらなかなか消せないんだから。デジタル・タトゥーって言われてるぐらいなのよ？」

「うむ。ケイタイが映像を撮影できる事までは知っている。しかして、ゆうちゅうぶとは

何か？」

「あのなあ！　ユーチューブってのはインターネットの……と言っても分からないか……。
えーっとだな、現代では誰でもこいつでテレビ局みたいに動画を放送できちゃうんだよッ。
しかも、世界中にだ！」

と、俺《おれ》がｉＰｈｏｎｅを指さしながら叱ると——

「ほう、世界に」

雪花は湯飲みを手に、少し目をナナメ上に向けて何かを考えてる。それから、

「貴様は一昨日、ケイタイは地球の裏にも電話ができると言ったな。その電信網を通じて、
動画も送受信が可能であるという事か」

さすが通信将校だけあって、当たらずとも遠からずな理解を語ってきた。

「そうだッ、誰でも見れちゃうんだぞ」

「ドイツでもか？」

「なんでドイツだよ。ああそうだよ、それがインターネットって物なんだ。だから自分の
顔とか住所氏名、電話番号、そういう個人情報は軽々しくネットにアップしたりされたり
しないように——」

朝とは逆に、今度は俺が雪花にガミガミ説教していると……

目を閉じ、口を真一文字に結び、何かを考えていた雪花が——カッ！　と目を見開き、

「――神崎《かんざき》中尉、峰《みね》少尉、遠山《とおやま》兵曹長。大本営に代わり、本日、現時刻を以《もっ》て、此所《ここ》に、『遊一號《ユウいちごう》作戦』を発令するッ！」

背筋を伸ばし、高らかに宣言したんですけど？

「さ、作戦って何」

自分も名指しされたアリアが、ちょっと引きながら尋《たず》ねると……

「ユウチュウブでは、電信網――インタアネットを用い、広範なビラ撒《ま》きが映像で出来る。多くの者が自分の映像を放送していたという事は、高度な技術や高額な予算も必要ないという事であろう。即《すなわ》ち、自分にも出来るハズだ」

そんな事を、言い始めたぞ……？

「えっ何何？　雪花《せっか》たんユーチューバーやるの!?　理子《りこ》そういうの大好き！　やろやろ、今からやろ！」

ガタッと机に身を乗り出した峰少尉が目をキラキラさせてそんな反応をしちゃったんで、雪花を騙《だま》して中止させる事も出来なさそうだぞ。

「雪花……頭の回る女ね、1分でインターネットを理解するなんて」

「な、何を放送するつもりだ雪花……!?」

「この日本に物申す！　よし峰少尉、すぐ撮影の用意をせよッ！」

「らじゃー！」

「お、おいよせやめろ。ていうか理子、何だよそのユーチューバーってのは……？」

「えー、キーくん知らないのォ～!? おっくれってっるぅ～！　ユーチューブにアップした動画の再生回数が多いと、お金がもらえるんだよ。ユーチューバーってのは、それを仕事にしてる人。アメリカじゃそれで家を建てた人気ユーチューバーもいるぐらいなんだから！　くふふっ！　おっもっしっろっそー！」

理子がこのようにハイテンションになってしまうと、アリアと俺《おれ》に止める手立てはない。マズイぞ。雪花と理子という意外な所がくっついてしまい、これが今後どんな化学反応を起こすのか――全く、想像がつかない……！

トップが攻撃命令を下して、ヤバイんじゃないかなと思っても大体の将兵は逆らえず、進軍するアホの仕事が早いのなんの。昔の日本軍が暴走していった構造を垣間見《かいまみ》たような気がするよ。

理子が資材を買い出しに行ってすぐ帰ってきて用意した『遊一號作戦』のスタジオ……というか、うちの床の間《とこのま》……では掛け軸が勝手にどけられ、日本国旗と生け花が飾られた。その前にはアンティークの黒いサロンチェアが置かれ、そこに軍帽をかぶり第二種軍装を着た雪花がドッカリ腰掛ける。軽く開いた膝の間に杖《つえ》の如《ごと》く軍刀を突き、柄頭《つかがしら》に白手袋の手を重ねて置き――最後に雪花はキリッと表情を、グイッと背筋を、それぞれ正した。

「では、撮影開始！」

「うっうー！　了解であります中佐！　ぽちっとな！」

理子《りこ》が自分も持ってたｉＰｈｏｎｅを三脚の上に置いて、始めちゃったよ。動画撮影を。

アリア中尉と俺《おれ》兵曹長が呆然《ぼうぜん》としてる間に。

「……カッコは、いいわね……」

「ど、どうせアップしたところで誰も見ないさ……」

ヒソヒソ話すアリアと俺をよそに、雪花《せっか》は……

「――キヲツケぇイ！　自分は海軍中佐、遠山《とおやま》雪花だ。今や帝国軍人は自分独りである。従って僭越《せんえつ》至極ながらこう云《い》おう――大本営発表――！　総員刮目《かつもく》傾聴せよ。この放送の目的は、日本国民の幸福である」

とか、よく通る声で喋《しゃべ》り始めてしまった。やばいよやばいよ。

「今の日本は何だ。見せかけの発展の裏で、国民は貧困の渦中にある。それにも拘《かか》わらず未来を担う若者は暖衣《だんい》飽食《ほうしょく》、堕落し遊び呆《ほう》けておる。目を覚ませ！　書を読み武に励め！　何なら徴兵制度を復活させろ！」

わあぁあダメだってば！

「徴兵……雪花、ちょっと軍国主義的じゃないかしら……？」

「ちょっとも何も軍国から来た純度１００％の軍国主義者だからな。どうしよう……」

困り顔でアリアが言ってくるが、ヒステリアモードでもない俺《おれ》は雪花《せっか》が怖くて止めるに止められない。

「日本は独自の文化と悠久の歴史を持つ、気高き国である。桜、富士、国土の四季折々の麗しき情景を情感豊かに表す事のできる日本語は、最も完成された言語である。日本人は高い道徳心と他者への思いやりを持ち、勤勉で規律正しく、創意工夫の才に富み、正直で、恩義を忘れぬ、世界人類の模範となるべき優れた民族だ。貴様たち一人一人がそうなのだ。若者たちよ。その事をゆめゆめ忘れず、今日から生き直せ。何なら自衛隊に入れ。以上！解散！」

日本にだって悪いところはいっぱいある。自然災害多いし。ヘンなしきたりが多いし。でも雪花はそういう所は全然言わず、なんか日本をやたら持ち上げて話を終えた。で、

「これを世界に配信せよ。諸外国の者にも分かるよう、翻訳字幕を入れておけ。峰《みね》少尉、貴様は行動迅速につき、遊一號《ユウいちごう》作戦の参謀にする。これが自分のケイタイの呼出番号《よびだしばんごう》だ」

「ありがとうございます中佐！　動画は理子《りこ》が編集してアップしてツイートしときます！理子フォロワー1万人いるし！　雪花たんのビジュアルでワンチャンこれはバズって広告収入たんまりかもだよ～デュフフ！」

両手で敬礼する理子は、雪花が万年筆で紙に書いた電話番号を口で受け取ってる。

やっぱりトンチンカン人間同士、妙にウマが合ってるなそこ。

ただ、俺には身内だからか何となく空気で分かったんだが……

今の雪花の演説は、本音で語ったというより、何か別の意図があるもののように思えた。最初にケンカを売って耳目を集めてから、後半で褒める。知名度を上げげたい新進の政治家なんかがよくやる手口だ。徴兵がどうとか言ってたが、仲間の軍人──というか自衛官を増やそうとしてるのかもしれない。

ただ雪花の考えがどうあれ、そもそも服装があれだし内容も国粋主義的すぎ。こんなの配信されたら国際問題になりかねんぞ。字幕つけろとか言ってたし。

「理子、よせ！　今さっき調べたが、ユーチューブの広告審査はそんなに甘くないぞ！」

なので俺は理子の携帯を取り上げようとするんだが、

「とりゃ！　鉄山靠《てつざんこう》！」

「いてっ！」

サッと携帯を俺から遠ざけた理子は、その動きのまま俺の鳩尾《みぞおち》に背中というか肩甲骨《けんこうこつ》で体当たり。こいつこう見えて中国拳法が使えるから困る……！

で、俺が畳に崩れ落ちて悶《もだ》える間に、理子は「ばいばいきーん！」とスキップで縁側を逃げていった。

「キンジ大丈夫？　……どうするのよコレ」

ア払結界《ばらいけっかい》こと遠山《とおやま》家では比較的おとなしいアリアが肩を貸してくれて、

「どうも……おい雪花《せっか》、動画配信ってのはITリテラシーを勉強してからやるべき事なんだぞ。インターネットの存在を知った5秒後に始める事じゃない。顔も出してるし、内容も偏ってるし、まあ尺が短かったのは不幸中の幸いだが……とにかく理子《りこ》を止めろ、退却命令を出せッ」

ヨロヨロ立ち上がった俺《おれ》は雪花にまた説教するが、

「退却など卑怯者《ひきょうもの》のする事だ。第2回も早々にやるぞ。誰にでも放送が出来るのであれば、ユウチュウブには放送が溢《あふ》れている事だろう。その中で自分の放送を視聴させるためには、波状攻撃——定期的かつ頻繁な更新が望ましいものと認む」

雪花は教師みたいに指を立て、逆に俺に教えるような態度だ。

「顔や姿を出す事もまた重要と考える。大衆は人物と併せて、話に興味を持つのだからな。内容が現代の者から見て偏っているというのなら、むしろ好都合。話には個性が無ければ、記憶に残らず伝播《でんぱ》もしないのだ。手短にしたのは、察するにケイタイが小間切れの時間で閲覧されるものだからである」

キャラクターを立てる、カラーを打ち出す、スキマ時間を狙う——

ユーチューバーなるものをやるのであればことごとく正解と思われる事を、雪花が言い出すので……俺は心の中で舌打ちする。

戦時中のとはいえ、雪花は通信将校。情報戦のプロだ。その雪花にｉＰｈｏｎｅを与え、インターネットやユーチューブの存在を教えてしまったのは……

もしかしたら、危険な事だったのかもしれないぞ。そんな予感がする。

理子はそれから帰って来ることはなく、翌日、アリアが深刻な顔で改めて来て……

「困った事になったわね。理子のツイッター、1万リツイートを超えたわよ」

「ううう、ユーチューブ側の再生回数も1万回を超えた。もう拡散を止められない……」

俺は理子がアップした『雪花ch《チャンネル》！』なる動画をアリアのiPhoneや自分のノートPCで閲覧して、震える。雪花の動画が、まさかの伸びを見せているのだ。

理子はツイッターに普段、ファッションやスイーツの写真ばっかりアップしてる。当然フォロワーは女子ばっかりだから、あんな動画に誘導したところで鳴かず飛ばずだろうと思ったのに。

炎上してるだろうと思ったコメント欄も、絶賛の嵐。女子は雪花のカッコいい顔や服装、よく通る美声に首ったけで、宝塚スターみたいな扱い方だ。話してる内容は聞いてないというか、どうでもいいらしい。

ジャンヌもそうだったが、イケメン女子は女子から倒錯的な人気が出るものだからな。しかも雪花は女子のツボを突く男装の麗人。カナやクロメーテルと同じで、転装《チェンジ》の才能が元々あったって事でもあるらしい。

アリアと俺《おれ》は雪花《せつか》に見つからないよう、仏間《ぶつま》に隠れてヒソヒソ相談し——

「理子《りこ》は第2回、第3回放送の準備も進めてるわ。雪花に電話して、スマホで動画を撮影したりメールに添付する方法を教えて、昨晩の内にもう素材を入手したみたい。情報科《インフォルマ》でジャンヌにお金を払って、ジャンプカットとかSEで見やすく編集させてるわよ今は」

「理子め……やってほしい事はチンタラやるくせに、やってほしくない事はテキパキやりやがって。雪花の発言次第じゃ各所から訴えられかねないぞ。早く理子を止めないと」

「理子を止めるのは暴走新幹線を止めるより難しいわよ。それよりも雪花に現代の日本を見せて、考え方をアップデートしてもらった方がいいんじゃない？　彼女にとっても」

「一昨日《おととい》そうしようと思って渋谷《しぶや》を一緒に歩いたんだけど、うまくいかなかったんだよ。それであんな感じになっちゃったんだ」

「もう雪花とデートしてるの⁉　あんたねえ。いくら美人で胸が大きいからって、雪花は身内のお姉さんでしょッ。そもそもあんたはいつも——」

アリアがギリィと俺の耳を引っ張って、いつものクドクドを始めようとするので……

「いや、それが、雪花は男なんだ」

「何よそれ」

「体は女だが、心が男だ。ＨＳＳを使いこなして戦えるようにするため、そう洗脳されたらしい。戦時中」

俺が保身のためにそれを話すと、

「戦争のために……？　ダメよ、そんなの人権無視だわ。何とかしてあげなきゃ」

アリアは（俺以外の）世界中の人間の自由や人権は守られるべきという西欧的価値観を持っている子なので、雪花の件にも同情的な反応をした。

「何とかできるもんなのか？　そういうのって。いや、それで思いついたんだが、雪花は男性的だから女性にウケてるフシがあるだろ？　もし女性的になれば今のファンが離れて、再生数の増加に歯止めをかけられるかもしれない」

「うーん。やってみなきゃ分かんないけど……再生数が止まれば理子もモチベーションを失うわよね。うん、基本的な考え方には賛成よ。雪花のためにも」

と、遠山《とおやま》兵曹長と神崎《かんざき》中尉は、大本営を方針転換させるための工作を始める――

『キヲツケぇイ！　臣民に好評につき、第5回放送である。今回は愛国心についてだ』

雪花が三脚を使って自ら撮影した動画は――回を追うごとに、再生回数の増える速度がうなぎ登りになっている。今や雪花は新進気鋭のユーチューバーそのものだ。

アーリーアダプターは雪花をアイドル扱いする女子たちだったが、ニコニコ動画に転載された頃からは男性ファンも急増。ツイッターには『雪花ちゃん美人！』『雪花たん胸がスゴイぞ』などという雪花萌《も》えツイートが数え切れないほど投稿され、雪花が毎回冒頭で叫ぶ『キヲツケぇイ！』は一時トレンドワードにさえなっていた。大丈夫かこの国。

ユーチューブのコメント欄では、今や雪花《せっか》が多様な視点から語られている。表示される広告を見るに、運営にはこういう芸風の芸人の動画だと思われてるっぽいが——旧日本軍マニア層は『なりきりやモノマネじゃない』『信じられない、軍人そのものだ』と雪花の軍人としてのクオリティ……リアル軍人なんで……に舌を巻き、一部の文化人も『彼女の言い分は、失笑するべきなのか熟考するべきなのか迷う』『現代の社会、軍事、国家観を考え直す機会を与えてくれている』などとブログに書き立て始めてる。

で、遠山《とおやま》家の茶の間では今夜——

「チャンネル登録30万人突破、ばんざーい！　中佐殿、ばんにゃーい！　くふふっ！」

「ハッハッハ。みんな飽くまで食べろ」

またアリアと一緒に来た理子《りこ》曰《いわ》く広告収入が100万円も入るとのことで、ちゃぶ台に載せきれないほどの寿司《すし》の出前が取られた。大吟醸の酒も一升瓶でドーンと登場したぞ。

爺《じい》ちゃん婆《ばあ》ちゃんは「ウェヒヒ、姉ちゃん何か悪い事でもして稼いだな？　食うけど」

「お寿司なんて久しぶりですねぇ」と喜んでる。ノンキだなあ。

（ユーチューバーって、儲《もう》かるんだなぁ……俺《おれ》もやろうかな、『発砲された弾丸を素手で取ってみた』とか……）

俺はそんな事を思いながら、寿司桶に入った寿司を味わう。うまい。うますぎる。寿司、最高。寿司、神。雪花じゃないけど、日本に生まれてよかった。と、嬉《うれ》し涙をオシボリで拭ってたら——

「ごちそうになって言うのも何だけど、雪花。あんたの動画、ちょっと引っかかるわ」

舌まで子供っぽいのか玉子とイクラばかり食べてたアリアが、そんな事を言い出した。

……引っかかる？　俺に言わせりゃ引っかからない部分の方が少ないけどな。

「ほう、どういう意味か？」

雪花は涼しげな顔で、杯を傾けているが……

「日本軍らしさ丸出しのあの演説、半分は本気で言ってるみたいだけど。それよりあんた、自分の姿を多くの人に見せたいだけでやってるみたいに思えるわ。あたしのカンでは」

そう言ったアリアに、

「はふへふほーひほはひーほほはん《アクセス多いのはいいことじゃん》！」

モグモグと寿司を頬張《ほおば》ってた理子が怒る。飲み込んでから喋《しゃべ》れよ。

「自分の姿を多くに見せる——すなわち視聴者が増えるのは、峰《みね》少尉が言う通り良い事だ。金になるのでな」

「ちがう。あんたは金になんか興味はない。今そうやってごまかした事で、確信したわ。あの配信には裏がある」

アリアがそう言った時、ピリッ……と……この場に、鋭い殺気が流れた。

視線一つ動かさなかったが、雪花《せっか》が——軍服の中の拳銃を意識したのが、分かる。その気配に当てられたアリアも反射的にスカート内の拳銃を意識したのが、パートナーの俺《おれ》に伝わってくる。

なんだ。どういう事だ。危なっかしいな、2人とも。よせよ。

しかし……

アリアは、『カン』と言った。それは曾祖父《そうそふ》の名探偵シャーロック・ホームズ譲りの、的中率100％のカンだ。アリアには推理は出来なくとも、それを飛ばして真実を見抜く超人的な直観力がある。

「何のため？」

その真実に微《かす》かに触れられた雪花と、

「何のため？」

微かに触れたアリアが、同じセリフを応酬する。応酬の目的は、互いに達せられたろう。あの配信が『何のため』なのか、雪花はアリアが把握できていない事を、アリアは雪花が隠すつもりである事を、お互いに確認したのだ。

その応酬の後で雪花は、鋭くアリアを見つめたまま——ニヤ、と、冷笑を浮かべ、

「特秘である」

アリアにそう言った。ジャ・マ・す・る・な・ら・殺・す。声には出さずとも、そう考えていることが

ハッキリ伝わってきてしまう——日本軍人の、冷徹な態度で。

その時、俺は、

（——玲一號作戦《れいいちごう》……）

しばらく忘れていた、その作戦名に思い当たる。

雪花は、その完遂を目指していた。『軍令は絶対である』と言い切り、いかなる犠牲も厭《いと》わないという態度で。雪花が妨害者を消してでも実行するという意志を見せた動画配信、遊《ユウ》一號作戦は、その一部なんだ。『この国を叩《たた》き直す』などという前フリは嘘《うそ》っぱちか、ついでに過ぎない。

現代のあれこれに無邪気に驚く姿や渋谷《しぶや》での体たらくを見てたから、俺は油断していた。雪花が、一時は東アジアと西太平洋を制圧した実行力を持つ旧日本軍の一員なのだという意識が欠けていた。いや、欠けさせられていたのかもしれない。雪花に、巧みに。

忘れてはいけない。雪花はまだ、戦争をしているんだ。

雪花の戦争は、終わっていないのだ。

（戦争……）

——ダメだ。何がどうあれ、何がなんでも、戦争はダメだ。

俺たち日本人があの戦争から学んだ最も大切な事は、それなんだ。だから、

「お、おい。よすんじゃ。姉ちゃんはケンカっ早くてかなわんぞ」

剣呑《けんのん》な空気を察した爺《じい》ちゃんがそう言ったのに乗じて、俺《おれ》は何も気付いてないフリで、

「そうだよ。アリアもやめとけ、寿司《すし》がマズくなるだろ。そんな事より、次の配信の話だ。毎回うちの床の間をバックにしてたらマンネリになる。次回、町《まち》ロケってのはどうだ？」

先日アリアと打ち合わせした、『雪花《せっか》に改めて現代の町を見せ、考え方を変えさせる』プランを語る。

そうさ。今の日本には——雪花が第1回放送で語ったどんな良さよりも、良い点があるんだ。それが、平和だって事。平和が達成されるという意味の通り、平成の日本には戦争なんかする気配すら無い。それを雪花にもっと見せ、自分が未《いま》だに1人でやってる戦争がいかに虚《むな》しいか感じ取らせよう。

それが俺たちなりの、終戦工作だ。

「いいねロケ！　理子《りこ》そういうの大好き！　予算もあるし、雪花たんと町に出てパーッとやろー！　うまくすればチャンネル登録50万人いけますよ中佐！　くしし！」

幸運にもこれには理子が諸手《もろて》を挙げて賛成してくれ、雪花も——

「……ふむ。峰《みね》参謀が言うなら良いだろう」

と、了解してくれた。

よし。次こそは雪花が今の日本を気に入るように頑張ろう。前回は女性を連れ歩くのがニガテな俺の案内で失敗したが、今回はアリアや理子もいる。

仲間の協力を得て、雪花に価値観を切り替えてもらうんだ。戦争から、平和へ。

なんか理子は雪花に買われてるというか気に入られてるっぽいので、俺とアリアはまず理子をしっかり抱き込もうと――翌日の昼過ぎ、巣鴨《すがも》駅前のマックに呼び出した。

「主張は置いとくとして、あの動画はマジメすぎるわ。ロケ地は明るくてポップな場所、たとえば原宿《はらじゅく》なんてどう？　キンジも渋谷《しぶや》じゃ道に迷ったらしいけど、原宿なら土地勘があるでしょ。おまんじゅうの工場を掴《つか》まされて、しばらくあの辺にいたみたいだし」

なぜかリュックを背負ってきたアリアが、チーズバーガーをはむはむ食べながら撮影の打ち合わせに入り……

「言い方……TBJ《タベルジエ》は繁盛したんだからなッ、あの後」

「いいじゃん原宿！　アリアにしちゃナイスアイデアだよ！」

ポテトを紙ケースからザラーっと口に流し込んでリスみたいに頬張《ほおば》る理子は、すぐさまOKしてる。

アリアの提案には、戦争のため男子化させられた雪花を女子力の高い町に連れていき、ある種のリハビリを行うという裏の目的もあるのだが……

「雪花たんのロケ地として意外性があっていいよそれ。女性ファンが喜ぶ場所だろうし。よーし、地方の視聴者も知ってる場所――竹下通《たけしたどお》りに行こーっ」

この原宿案《はらじゆく》、どうやら理子《りこ》の方針にも合うらしい。ツイてる。

「せっかく女子の町に行くんだし、雪花《せっか》に女子の服を着させるのはどうかしら？」

アリアは雪花の女性化に向けてグイグイいくが、

「アリアどうしたの!? アリアとは思えないナイスアイデアだよ！　それ男性ファンにもギャップでアピールできそう！　理子も今の芸風で取れるチャンネル登録者数が頭打ちになる前に、雪花たんの新しい魅力をプロデュースしたいと思ってたとこなんだよねー！

デュフフッ、理子、男子っぽい女子をメス堕《お》ちさせるやつ大好物ですしおすし～？」

最後のあたりは意味不明なものの、ここも理子は前向き。通ったぞ、この話。

「……女子の服って、何を着せるんだ？」

「あたしたちが着てるのと同じセーラー服なら抵抗も少ないかなと思って、これを持ってきたの」

と、リュックからアリアが出してきたのは……ビニール袋に入った……おいッ！

「クロメーテルの服じゃねえか！　なんでッ……!?」

「だってあたしのスペアじゃサイズが合わないでしょ、雪花に」

「そうじゃなくて、なんでお前が俺《おれ》の新しい部屋の住所を知ってるんだ！」

「って事は、やっぱりあたしに隠してるつもりだったのね。風穴。とっくに知ってるわよ。白雪《しらゆき》が何度か夜中いきなり電話してきて『私はキンちゃんの今の住所を知っている』って言ってすぐ切るイタ電をしてきてたから——アニエス学院に潜入《スリップ》した時、あんたの荷物の伝票《タグ》の写真撮って『あたしも住所知ったから！』って言っといたの。白雪は壁をかじって悔しがってたけど、イタ電をやめたわ。あと今朝あんたのマンションに行ったら、なんかジーサードたちがＡＫ47《カラシニコフ》持った女に追いかけ回されてたわよ？」

……もう……どうでもいいや……何もかも……

「……ていうか、壁をかじるってどうやるんだろ……

「理子もキーくんの台場《だいば》のおうち知ってるよ！　こないだかなめぇに聞いたんで、レキュにも教えといた！　よーし、それはそうと雪花たんのロケ衣装はセーラー服で決定ー！　男性視聴者のハートを鷲掴《わしづか》みだよっ♪」

台場の住所情報がバスカービルに鷲掴みされてるんでまた引っ越ししたくなってきたが、それはさておき俺はアリアたちと共に遠山《とおやま》家に戻る。雪花に原宿ロケの事を伝えるためだ。で、そこがお気に入りポジションなのか縁側に正座して湯飲みでお茶を飲んでた雪花に、「雪花たん中佐殿！　次回の動画撮影では原宿方面に出陣する事としました！　撮影用のお召し物も用意しましたので、試着してみて下さいでありまーす！」

理子が両手敬礼で言い、俺が武偵高《ぶていこう》の制服が入ったビニール袋を渡す。

そしたら雪花は軍帽の鍔《つば》をちょっと上げつつ袋からブラウスを出して広げ、

「ふむ。臙脂色《えんじいろ》なのは妙だが、海軍服か」

セーラー服は元々日本海軍でも使われていた水兵服なので、上半分は大丈夫そうな反応。

でも、次に袋から出てきたプリーツスカートを見て……

「断る。ズボンを用意せよ」

プイッ。ソッポを向いてしまった。

「ええ〜っ。雪花《せっか》たん着ようよ、セーラー服着ようよ〜。セーラー服は人類が生み出した至高の文化なんだよ？　理子《りこ》は地球上の女子全員が365日セーラー服を着るべきだって思ってるぐらいなんだよ？　雪花たんのセーラー服姿が見たいよぉ〜ハァハァ」

「自分は女装などせぬ。撮影はこの第二種軍装で行う」

理子の異様なセーラー服推しがキモい事もあってか、雪花はソッポを向いたまま。

まあ、そうだろうね。諸星《もろぼし》会長も言ってたけど、雪花は軍服姿にアイデンティティーを感じているみたいだし。年齢的にも僅かに、あるいは極端にムリあるし。

「あんたに似合うと思うんだけど？」

「……」

アリアも勧めるが、雪花は無言。こっちを向いてくれない。

「……」

「……」

理子とアリアは顔を見合わせ、肩をすくめてる。場が静かになっちゃって、クルッポー、クルッポー、どこかの鳩《はと》の鳴き声が聞こえてきたよ。

「まあ、本人が着たくないものをムリに着させるのはよくないさ。台場《だいば》に送り返しとく」

服については、もう少し後でもいいだろう。と、俺《おれ》は――

声優・朝日向胡桃《あさひなくるみ》からエンディミラまで４人が代々袖を通したセーラー服を袋に戻し、持ち去ろうとする。

そしたら、

「――待てィ」

雪花が引き留めてきたぞ？　庭の方を向いたままだけど。

「何だよ」

「スカートを穿《は》きたくない事は確かであるが。貴様たちがそこまで言うなら……その……折角《せっかく》、持ってきたのだし。それは、えーっと……自分の動画を多様なものにしようという好意からの事であろう。それを見境無く、無下《むげ》に、邪険に扱う事は、至誠《しせい》に悖《もと》る。つまり五省《ごせい》の一つと、すなわち軍人魂と相容《あいい》れぬ行為であり……」

なんかゴニョゴニョ言ってるんだが。よく分からんぞ。

「だから何だよ」

「――着てやる。試しに、僅かにだけだぞ」

着るのに僅かも大量も無いと思うが、雪花《せっか》は表情が隠れるほど軍帽を目深にかぶり直し、すっく。立ち上がった。で、俺《おれ》からセーラー服入りのビニール袋をガサッと奪い取り……そそくさと縁側から客間に入っていく。なんだ、結局着てくれるんじゃん。

客間には「お着付け手伝いますす雪花たん閣下ぁ〜！」と理子《りこ》がスキップで入っていき、それから、ぴしゃり。客間の障子が閉まった。

「なんだか……嬉《うれ》しそうじゃなかった？　雪花」

「そうか……？」

とか、アリアと話しつつ3分ほど待ってたら、「みゃあぁ〜！　カッコかわいぃィ！　雪花たん様サイコー！」とかいう興奮状態の理子の声と拍手が聞こえてきて、

「——着たぞ。これで満足か」

ぱしんっと障子を開けて、武偵高《ぶていこう》のセーラー服をしっかり着た雪花が姿勢良く出てきた。そこは軍人として譲れないのか、意地でも軍帽と軍刀は残したままだったが。

「あら、やっぱり似合うわよ」

「ホントだ。凛々《りり》しいな」

雪花の性自認をどうこうする件とは関係無しに、アリアと俺からも素直にそんな感想が出る。恍惚《こうこつ》とした表情で床を這《は》いつつ縁側に出てきた理子も、両手でサムズアップだ。

セーラー服というものは不思議なもので、小柄なアリアや理子が着るとカワイイ印象が

勝るが、雪花のようにスラリと背が高くスタイルのいい女子が着るとカッコいい。

セーラー襟は長袖ブラウスを涼しげに見せ、その防弾布をグッと持ち上げる胸元を割るタイも、雪花のイメージによく合っている。

そして——理子がベルトの位置で巻き上げて短く整えたらしいスカートも、伸びやかな雪花の両脚を見事に彩っている。肉づきが厚すぎず薄すぎずの絶妙な太股《ふともも》のラインから、スッキリ長いふくらはぎや足首へと締まっていく脚線美。女性のカラダが怖い俺にさえ、この美しい脚を今までの人生ずっとズボンで隠していたのは勿体《もったい》なく思えてしまう。

「うう。理子カンドーで泣いちゃいそう。やっぱセーラー服は究極の服、そして雪花たん中佐は永遠のベスト・セーラーニスト、セーラー服の女神様だよぉ～！」

理子は雪花の足にゾンビみたいに縋《すが》り付《つ》き、頬《ほお》ずり。理子がコスプレ好きなのは公知の事実だが、中でもセーラー服には特別な思い入れがあるらしい。じゃあ自分でも着てるんだから、ずっと鏡でも見てりゃいいじゃんね。

理子に纏《まと》わり付《つ》かれた雪花は困り顔で赤くなり、

「ええい峰《みね》少尉、気色悪いぞッ。女扱いは、よさんかァ！　うう……やっぱり……やはり、自分は元の軍装に戻るッ！　スカートは、くすぐったい！」

とか言い出した。でも、

「あら。女扱いされたら着替えちゃうの？」

「ガマンできないのか？　軍人魂はどこへ行ったんだ」

と、俺《おれ》たちにちょっと焚《た》き付《つ》けられたら、

「何ィ……？　こ、この程度の事で動じる自分では無いわ！　なら次回、これで撮影なり何なりするがよいッ！」

雪花《せっか》は両腕・両脚をバーンと広げ、『恥ずかしくなんかない！』のアピール。あーあ、チョロい人だな。

とか思ってたら、俺の真正面に立つ雪花の、風通しのよいスカートに、秋の風——

——フワッ——

雪花は穿《は》き慣れていないスカートの防御を全くしないもんだから、いたずらな風でその前面が全開になるほど捲《めく》れ上がっちゃって——

（……っ……！）

「——ッ！」

それは自分を男だと思い込んでる女にとっても恥ずかしいものらしく、真っ青になってバシッと押さえたが……もう遅く、俺は目撃してしまった。例の薄くて細い、イバラ柄で純白の総レースを。雪花が両脚を広げて立ってたもんで、その前面を余す所なく……！

俺は雪花の下着姿を過去にも目撃しているが、それは裸に下着をつけたのみという姿で、本人も隠す意思がない状況下での事。同じものが見えたにしても、スカートの中に秘めていたものが本人の意思に反して見えてしまうシチュエーションは、背徳感の掛け算でヒス血流が増す。対象が雪花のようにプライドの高い女性の場合、そこに加虐感も乗算される。その積は……計算結果出ました。はい、危険な血量……！

赤くなった俺を青ざめさせる事に、雪花は――

「――貴様ァ！　血族をそのような目で見るとは、犬猫かァ！」

俺と入れ違いに顔色を青から赤に変えて、ジャキイッ！　サーベル式軍刀を抜いたよ！

一瞬ヒスってたもんで真剣白羽取りが出来て命拾いした俺は、「貴様はこの自分を女として見ているのか！　自分は男であるし、女に置き換えて見たところで男女。男が色情を覚えるはずはない。心の病院へ行けッ」などと雪花に何時間もガミガミ説教された。その間ずっと正座させられてたんで、翌日、今――原宿《はらじゅく》ロケに向かう段になっても、まだ膝が痛いんですが？

なおロケの前に、俺はアリアと別件の打ち合わせがある。アメリカでのことはメールでザッと伝えてあるが、それ以降の諸々《もろもろ》……「あんたは探偵科《インケスタ》所属だったくせに現場検証をロクにしないから、いっつも後手に回らされてるのよッ」とこっちにもクドクド叱られた、ラスプーチナ戦、およびエンディミラと雪花の往還に関する調査報告会だ。

個人的にはオエッと来るほど女子でごった返しているＪＲ原宿駅・竹下口《たけしたぐち》を出て、細い裏道に入り――俺《おれ》は、喫茶店『クリスティー』に着く。それでも雪花《せっか》の時代よりは遙《はる》かに新しいが、昭和のレトロなムードを色濃く残した、この地に古くからある店だ。

店内は奥に狭い空間がある間取りになっていて、密談に適したその場所に……それぞれアップルタルト、ベイクドチーズケーキ、黒すぐりの紅茶《カシスティー》をテーブルに並べた、武偵高《ぶていこう》の制服姿のアリアとジャンヌ、あとなんでかレキもいた。

音楽関係者が談笑するフロアを抜けて、紅茶の有名な店なのに空気を読まずコーヒーを頼んだ俺は――

「遅刻よキンジ」

「ハイハイ。雪花は理子《りこ》と来るそうだ。日暮里《にっぽり》以来だな、ジャンヌ。レキは赤坂《あかさか》以来か。お会いしたのは7.62mm×54R弾《ラシアン》とだけでしたけどね」

渡米前に赤坂でレキに撃たれかけた俺はイヤミを垂れるが、レキはレキなんで正面ややナナメ下の虚空に視線を固定したまま、ごめんなさいの一言もない。まあいいや、もう。レキだし。

クチナシ、オレンジピール、ミントのニオイがブレンドされて女ぐさいテーブルに俺がつくと、

「あたし今から、急な調べでジャンヌと一緒に島根の神澱《かみおり》――超能力者特区《ステルスSAR》に行くから。ロケの人手はレキで補填《ほてん》して。この子、撮影うまいから」

とか、アリアが言う。どうりでレキが狙撃銃《ドラちゃん》を持ってないと思ったよ。

アリアとレキならレキの方が暴力性が低いんで、俺《おれ》は内心サムズアップだね。

「それは構わないが……何を調べてるんだ？　お前ら」

「超能力《ステルス》関係よ。玉藻《たまも》と伏見《ふしみ》から聞いたけど、あんたが囲ってたエンディミラって女——ラスプーチナと戦ったらしいわね」

「囲ってたって、聞こえが悪いな。ちなみに俺も一緒に戦ったぞ。死ぬかと思った」

「よくやった、遠山《とおやま》。ラスプーチナは悪名高い魔女で、ロシアでは賞金首にもなっていたほどだ」

俺とアリアが話してると、ジャンヌがそんな事を言う。

「え、じゃあロシア政府に申請して賞金を——」

「首がないだろう。それよりも、これだ。私はジオ品川《しながわ》の現場に落ちていたこの遺留品を採取した。地元の人々がほとんど拾い集めていった後だったが、広範に、微量ずつ残っていたよ。現場のスケッチもある」

と、ジャンヌが出してきたのは——小さなアクリルケースに入った、粉だ。

キラキラと光ってる。シロウト目にも分かるが、金粉だな。光り方から見て純金だ。

ジャンヌが開きかけたスケッチブックには直視すると精神に負荷がありかねんド下手な図がチラ見えしたので、「俺は現場にいたから、見なくても問題ない」と制しておく。

「ラスプーチナは金の亡者って感じの女だった。財産として純金を持ち歩いてたんだな」

「財産を兼ねていた可能性もあるが、私が調べたところ——この金粉には、未知の魔術が掛かっていた。白雪《しらゆき》にも確認してもらったよ。つまりこれは、彼女が魔術の触媒に用いた素材と思われる。そして、エンディミラが海《うみ》ほたるで伏見たちと作成したという魔法円に用いられた金粉や純金の針金にも、同じ未知の魔術が掛かっていた」

未知の、魔術……

「エンディミラが残したメモから、それが『時空を操る』術の一部だという事は分かっている。しかし、その魔術は西洋にも東洋にも類例のない手法で行われた。それがこの純金から判明したのだ。これはこの世のどこかに、未《いま》だ知られざる、しかも千年は研鑽《けんさん》された高度な魔術体系がある事を示唆している。私たちはその調査のため、特区へ向かう」

ジャンヌが偶然言った『千年』というキーワードに——俺は、ヴァルキュリヤの槍術《そうじゅつ》を想起する。あれもどこの文化にもない、一から作るなら千年はかかる技の体系だった。

Nには、そういった未知の技を持つ者が多く絡んでいる。『ここ』の俺たちが知らないそれは、雪花《せっか》も行っていた『そこ』の技術……『玲《レ》』の文明なんだろう。多分。

「あんた知らないだろうから補足しとくと、超能力者特区《ステルスSAR》っていうのは魔女が大勢いる町とか村。大っぴらにはされてないけどね。今回は白雪も一緒に行くけど、あの子の故郷の星伽《ほとぎ》も行政上は特区よ」

アリアの話に、「そうか」とクールにコーヒーを傾けつつも、俺《おれ》は内心ガッツポーズだ。やった！　理子《りこ》やレキは残ったが、アリアと白雪《しらゆき》が東京《とうきよう》を離れるぞ。これはヒス保安上のメリット大《だい》。あ、でも雪花《せつか》がいるか……

「なにニヤニヤしたりガッカリした顔になったりしてんのよキンジ」

「あ、いや、これは顔の筋肉の運動だ。最近運動不足なんでな」

「……キモっ……ていうかこの金粉、どうも引っかかるのよ。あんたあたしに調査協力を依頼された事をすっからかんに忘れてるだろうけど、Nには英国《UK》から大量の金塊を盗んだ疑惑もあるわ。何か関連がないか、そこも探ってくるつもり」

アリアが言う通り忘れてたが、そういえばそんな話もあったな。今後、事件現場に金《きん》が落ちてたらしっかり拾得しておこう。金の価格は高騰しててカネになるし……じゃなくて、アリアの調査に協力し、今もガンチラしてる弾の出やすいガバメントから身を守るために。

午後4時——ポケーっと突っ立ってるレキと一緒に俺が待つ原宿《はらじゆく》駅前に、理子と雪花がやってきた。

この時間帯になると竹下《たけした》口は混んでるんだが、理子のフリフリ改造制服も雪花の軍帽と軍刀も目立つんですぐ合流できたよ。

「ちゃんとセーラー服で来たな、偉いぞ雪花。コイツは俺の同期の桜で、レキっていう。

今日の撮影係だ」

「ふむ。よろしく頼むぞ」

雪花の反応……優しいは優しいけど、ちょっとドライだな。見た目の好感度が、理子、アリア、レキの順って感じだ。

それから理子がレキにハンディカムを渡し、レキがスナイパーの観測手みたいにそれを構えて——すげえ、カメラを上下に全然ブレさせない——俺たちは、女子中高生でごった返している竹下通りへと入っていく。

駅とほぼ直結している竹下通りは原宿の目抜き通りの一つで、道幅はあまりないものの日中ずっと歩行者天国。色とりどりの服やアクセを溢《あふ》れんばかりに並べた店舗が軒を連ね、食べ歩き用スイーツの店からは甘い香りが漂っている。地方から修学旅行で来る中高生や外国人旅行者も訪れる有名な観光地なので、動画にも適しているだろう。

「竹下町《たけしたちょう》には元海軍大臣・米内《よない》閣下の邸宅があったハズだが……見る影もないな……海軍将校会館や東郷神社《とうごうじんじゃ》は、まだあるのか？」

どうやらこの辺りは戦時中、帝国海軍ゆかりの地だったらしく——今や『カワイイ』のメッカに変貌したパステルカラーの原宿に、雪花はタジタジしてる。

「ナントカ会館は知らないが、東郷神社はあるぞ。あ、あれはブティック竹《たけ》の子《こ》。昭和の中期に竹の子族っていうのを生み出した派手なファッションの店だ。あっちでイケメンのブロマイドをブラ下げて売ってるのは、ジャニーズ系アイドルのグッズ店。昭和の末から平成の頭までここにはタレントのグッズを売る店が多くあって、その名残らしい」

TBJ《タベルジエ》時代に勉強した原宿《はらじゆく》の戦後史を俺《おれ》が雪花《せつか》に教えてやりつつ、

「BODYLINE《ボディライン》でしょ、LIZ LISA《リズリサ》でしょ、Closet Child《クロチャ》でしょ、今はロリキタ大流行の時代なんだよ！　竹下通《たけしたどお》りは物価も安いし、分かりやすくて楽しいよねー！」

理子《りこ》も、今のこの街をうるさいぐらい紹介してくれてる。レキは無言でトコトコついてきて撮影してるだけだが。

「まるで浅草《あさくさ》の仲見世《なかみせ》だな。しかし女学生が脚を曝《さら》け出して歩いているのは……やはり、けしからん……ぞ」

相変わらず雪花は女性が生脚を出して歩くのが気に食わないらしいが、批判する途中で自分のスカートからスラリと伸びる足を理子に覗《のぞ》き込《こ》まれて、勢いを失ってる。ちょっと赤くなってるが、渋谷《しぶや》センター街の時みたいにイライラしてる感じはない。むしろ軍帽の鍔《つば》を上げ、思ったよりしっかり街の様子を見てくれてる。

それから皆が香ばしいニオイのするクレープ屋の前に通りかかると、

「よーっし！　じゃあ町ロケの定番、食べ歩きをやりましょー！　まずは原宿スイーツの代名詞、クレープを食べる雪花たんを撮りますっ」

１００種近い食品サンプルのクレープが並ぶショーケースを背に、理子が笑顔で両腕を広げる。

でも雪花は口をへの字にしてクレープ屋を睨《にら》んでから、

「スイーツ《Sweets》……甘味《かんみ》、洋菓子の事か。自分もカステラやシベリヤは食べたことがあるが、こんな浮《う》わっついた、得体の知れぬ色をした菓子など食べるものか。アメリカの女児ならいざ知らず、誇り高き日本男児が口にするモノではないわ。ましてや歩きながらなど言語道断。行儀が悪い」

と、自分の胸を寄せ上げるようにキツく腕組みし、ツーンと横を向いちゃったよ。

だがそれじゃ動画にならないので、

「色なんかどうでもいいだろ。俺なんか無人島で青と黄色のシマシマの魚を食ったことがあるんだぞ。あと旧日本軍だって敵に追っかけ回されて行軍《こうぐん》を止められない時、行動食を歩き食べしてたろ」

「すみませーん！　キャラメルアップルチーズケーキクリームクレープ、カラフルチョコスプレーとレインボーシリアルリング増し増しでヨロ！」

俺と理子は強引に事を進め、クレープ屋のバイトのお姉さんから——大きくて甘そうな、超いいニオイのする、デコられまくりのクレープを買う。

それを理子がグイッと雪花に押しつけると、雪花はクレープを持つは持ち、

「こんなもの……こんな……もの……」

食べたそうな顔で見るは見るんだが、口にはしない。それをレキがジーッと撮影してる。
理子《りこ》は理子でイチゴとストロベリーアイス入りのクレープを自分用に買い、「うまし！」とか言いつつ喜色満面でもりもり食べてる。

「……」

雪花《せっか》は花束みたいなクレープを手に、理子を始め周囲でワイワイとクレープを食べてる女子中高生たちを見回して……たらり、と、軍帽の下に汗を滲《にじ》ませた。
それから、自分の行動を否定するかのようにギューッと目を閉じて――

「……こんな、浮《う》わっついたもの……道端で、こんな……こんな……はむっ……」

――ちょび。

キャラメルソースと生クリームにカラーチョコの粒がついたクレープを、齧《かじ》った。

「……」

それから、黙って……固まってしまったので、

「どうした、雪花」

これじゃ動画が制止画になってしまう、と、俺《おれ》が声を掛けたら。

「……ふあぁぁ……っ……！」

普段より1オクターブぐらい高い、思いっきり女子丸出しの歓喜の声を出したんで――
こっちがビビった。

そして雪花は眉はキリッとさせたままパァアァと光り輝くような笑顔になり、

「美味《うま》いッ、美味いぞォ！　そしてなんという甘さ！胸の奥底から力が滾々《こんこん》と湧き出るかのようだ！　素晴らしいぞ、クレープは称《たた》えるべき携帯口糧《けいたいこうりょう》である！　万歳！

なぜか万歳三唱を始め、理子も「ばんにゃーい！」とクレープ片手に万歳をし、周囲の女子高生たちも楽しげにノリで万歳してる。なにこれ……

それからも雪花は「これが糧秣《りょうまつ》に適した食糧品かどうか調査する」という謎の名目で、ベルギーワッフル、タピオカミルクティー、ケーキポップ、ハニーディップドーナツに、俺から見ても浮ついた色柄のレインボー綿飴《わたあめ》まで、食うわ食うわ。

戦時中の人間は甘味《かんみ》に飢えてたというが、そこに昔はなかった高い糖度と新しい風味の甘さを体験し……味覚のメーターが振り切れたみたいな状態になったらしい。途中からはカッコつける事すら忘れ、理子と一緒にニコニコ顔でスイーツを頬張《ほおば》ってたよ。

それで映像の撮れ高は十分《じゅうぶん》確保できて――ちょっと油断してしまい、俺は理子と２人でソフトクリーム片手に「アイドルの生写真って何が生物《なまもの》なんだろうな？」「印刷物と区別するためそう呼んでるらしいよー」などと駄弁《だべ》りつつ、歩いてたら……竹下通《たけしたどお》りの真ん中辺りで、

「あれ、雪花たんとレキュは？」

理子がフワフワの髪を広げ、キョロキョロする。それで気付かされたが、いつの間にか

はぐれちゃってるぞ。雪花《せっか》とレキの2人と。

竹下通《たけしたどお》り自体は折れ曲がる所もない1本道だが、左右に枝分かれする小道が幾つかある。そこに入られてたら厄介だ。と、俺《おれ》が携帯を出そうとしたら——はしっ。よじよじっ。

「お、おいッ……！」

「くふふっ。おー、高い高ーい！　はい！　雪花たんの帽子を見つけました！」

理子《りこ》が小ザルみたいに俺によじ登り、勝手に肩車の体勢になった。で、片手を庇《ひさし》にしてソフトクリームで明治通《めいじどお》り側を指し——雪花を見つけてくれた、のは、いいんだが……

（……っ……！）

理子の両脚を担いで困惑してる内に、俺の頭にはフリフリのフリルがあしらわれた改造制服のスカート前面が乗っかってしまう。理子にはスカートの内側に微量の香水を付けるフランス流の習慣があり、それが理子の太もものバニラミルクっぽい匂いと混ざって……俺の頭部が、この街で感じたどんな甘い匂いよりも甘い女の子の匂いに包まれる。これ、ひとつ深く吸ったら脳にガツンと来て對卒《たいそつ》をやらかしかねんやつですよ……！

「よーし、しゅっぱーつ！　歩くのめんどいから、キーくんがこのまま理子を運んで♪」

と、理子が膝小僧の内側のくぼみを丸見せにするぐらい左右の足をバタバタさせて——シルクみたいな肌触りの白い太ももが、俺の両耳や両頬《ほお》を撫《な》で回す。というか、こねくり回してくる。やばいって！

「お、降りろッ……！　なんで急に俺《おれ》がお前のスカートに頭突っ込まされてんだっ」

「やだぁー、なにその言い方ぁ〜。理子《りこ》は必要に迫られてキーくんに登っただけなのにぃ、エッチなこと考えちゃったの？　ほんとキーくんはエッチだなぁ。くふふっ……」

俺が慌ててるのに気付いた理子はクスッと笑い、肩車されたまま大きく前屈《まえかが》みになる。

小悪魔の笑顔が上下逆に俺を覗《のぞ》き込《こ》み、すでにスカートに包囲されている俺の頭を金髪のカーテンが二重包囲してくる。

うう。あったかい。やわらかい。目も耳も鼻も理子に支配されてしまった。こんな人の多い場所で。しかし——首から下は自由だぞッ！

と、俺がスープレックスで理子を後ろに落と……そうとしたら理子が跳び箱的にパッと前へ降りた。なもんで俺は1人で放物線を描いて真後ろにブッ倒れ、頭をアスファルトの道に打ち付ける。

「雪花《せっか》たーん！」

るんたった、るんたった、とスキップしていく理子を、道を行く女子高生を掻《か》き分《わ》けてフラフラ追うと……俺たちから隠れるようなカンジで、1軒のファッションブランド店をこっそり覗いている雪花がいた。で、それをレキが後ろからジーッと撮影してる。

何の店かと思ったら、そこはSilky Ange《シルキーアンジエ》とかいうメイド服専門店らしい。トルソー《マネキン》で店頭に展示されてるのはペラペラの安っぽいコスプレ服じゃなく、しっかりとした生地で手造りされた本格派メイド服だ。今はメイド服もブームを通り越して定番になってるから、質で勝負してるブランドっぽいね。お値段も高めだし。

「……く……訓練が足りんな、自分は……」

俺的にはマネキンが着てても目の毒な、可愛《かわい》いミニスカートのメイド服……を見ているのは明らかなんだが、なんか無意味に距離を取って見てるな。見たけりゃ店に入って思う存分見ればいいのに。しかもなぜか今日一番の赤面顔になり、軍帽の下からぽたぽた汗をかいている。どうしたんだよ。

「おおー雪花たん、お目が高い。シルキーは全品日本製、最高品質のショップなんだよ」

「気に入ったのか？　試着までならタダのはずだぞ」

俺が声をかけたら——あんなに他者の接近に鋭く気付く人だった雪花が、「わぁっ」とテンパって飛び上がってる。そして、わたわたわたわたわた！　見えない流星群を掴《つか》むような手つき。何をそんなに慌ててんだ。

「——バカモノぉ！　あ、あんな、いかがわしいカフェの女が着るようなハシタナイ服を、じ、じ、自分が着たがるものか！　第一、自分は男だ！」

セーラー服をバッチリ着て、長い黒髪と白い紙リボンをぴょんぴょんさせて、超のつく美女の顔で、それでも雪花は俺をポカポカ叩《たた》きながら自分は男だと喚《わめ》く。

それでようやく分かったんだが——きっと雪花は、あれを着てみたいんだ。でも自分を男だと思い込もうとしてるから、自分にそれを許可できない。撮影のため着ろと言われて着たセーラー服と違って、自ら着てみたいと思った事を、自分で認められないんだ。

下着は当時の日本に今の女性用下着みたいな形のが無かったから平気らしいが、メイド服は昔のカフェ――雪花《せっか》の言い方から察するに、昔はキャバクラみたいな喫茶店があったらしい――の女性従業員が似た服を着てたから、女子の服だとハッキリ認識できてしまい、着るのが恥ずかしいんだろう。

雪花の心には男と女、２つの性がある。男の方は戦争のために洗脳で思い込まされた、偽りの性だ。雪花は今なお、その戦争で命じられた作戦の完遂を目指す軍人として、男であり続けなければならないと自分に言い聞かせている。そのために自分の中の本当の性、女性を押さえつけようとして、あんな汗をかくほどに葛藤してる。

アリアじゃないが、そんな雪花がかわいそうになってきた俺《おれ》は――

雪花の手首を掴《つか》んでハンマーパンチを止め、その黒い瞳を真剣に見据えた。そして、

「雪花。俺はお前を女だと思ってる。だがお前がそうじゃないって言うんなら、その件で水掛け論をするつもりはない。でも、ここはハッキリ教えとくぞ。日本国民である以上、お前は自由だ。着たいものを着ていいんだ。生きたいように生きていいんだ。男がメイド服を着たって犯罪じゃないし、軍の作戦だって――やめたきゃ、やめていいんだからな」

そう、冷静に諭すと……

「……」

背筋を伸ばした雪花は、ゆっくりと手を引っ込めた。

しかし……

その手はメイド服の店のドアに伸びる事はなく、凛々《りり》しい海軍将校の軍帽を整える。

——自分は、男である。自分は軍人である。そう改めて、宣言するかのように。

そんな雪花に、俺が少し困り顔になった時……そこに、

「えっ、あれ雪花様じゃん！」

「ほんとだ！　やばい、本物だよ！」

「セーラー着てるー！　カワイイ！」

「ユーチューブ見てます！　一緒に写真いいですか⁉」

通りを歩いていた女子高生の一群が、雪花の所に集まってきたぞ。目をキラキラさせて、手に手に携帯を出しながら。

どうやら、ネットで雪花を見たファンらしい。何百万回も動画再生をされてると、街で視聴者と普通に遭遇するものなのか。ユーチューバー恐るべしだな。

「くふふっ、そーですよー！　今日は『雪花ch《チャンネル》！』のロケで来ました～！　みんな～、じゃんじゃん写真をネットにアップして宣伝してね～！」

人に注目されるのが大好きな理子《りこ》は女子高生たちに両腕を広げて、逃げも隠れもしない

ダイレクトマーケティング。女子たちはキャーキャー黄色い声を上げて雪花《せっか》に駆け寄っていく。俺《おれ》は押《お》し退《の》けられ、尻もちをついたのが運の尽き。「えっ誰誰？」「ユーチューバーだよ！」「あっ、雪花様⁉」とか騒ぎつつ続々と集まってきた女子たちに踏まれまくって熨斗烏賊《のしいか》にされそう。

一方、雪花は最初「？」って顔をしていたが……すぐ上機嫌になり、

「はっはっは。愉快痛快。原節子《はらせつこ》になった気分だ。ＭＭＫ《モテてモテて困る》」

とか言いながら、女子たちが自撮りで一緒に写真を撮るのを快くＯＫしてる。やっぱり女子には優しいぞ。俺には厳しいのに。えこひいきよくない！　至誠《しせい》に悖《もと》る勿《な》かりしか！

あとレキ、撮影はもういいから俺を助けろ！

午後７時、理子《りこ》とレキと一緒に豚骨ラーメンを食べてから——俺と雪花は巣鴨《すがも》に帰った。

遠山家《とおやま》で軍装に着替え、夜の縁側に正座した雪花は……今、レキがクラウドサービスにアップした動画をｉＰｈｏｎｅで見てる。

俺もナナメ後ろからそれを見下ろすが、画面の中の雪花はセーラー服姿で、クレープやワッフルを楽しげに食べ歩きし、ファンの女子たちと仲良く自撮りをしてる。その姿は、どこまでも自由な現代の女子だ。

「どうだった、今日《きょう》は」

女子たちの足跡でブチ模様になってる俺が縁側にあぐらをかき、町ロケの感想を尋《たず》ねる。

雪花は動画を流したまま、一つ長いマバタキをして……静かに、秋の月を見上げる。

遠い──今ではない時代、ここではない場所を想《おも》うような目で。

「……愉《たの》しかったよ。この時代の者と同じ服を着て、同じものを食べ、同じ時を過ごした。今の日本人には今の日本人の幸せがあり、笑顔もあると知る事ができた」

「竹下通《たけしたどお》りが海軍の街じゃなくなってて、イヤじゃなかったか？」

俺に問われた雪花は、ふるふる、と黒髪の頭を振り──

「たとえ軍や戦争が忘れられようと、今の国民に幸せがあるのなら本望である。大東亜に眠る英霊たちも、玲一號《レいちごう》作戦に身を賭した自分も、その幸せのために戦ったのだからな」

そう言って、ｉＰｈｏｎｅの画面に目を戻した。画面内では例のメイド服を巡って俺をポカポカやってる動画が再生されており、雪花はそこに映る自分に苦笑いを向けている。

あの時、あの街だけに存在していた──他人を見るような目で。

「今日の事は、良い思い出になった。礼を言うぞ、キンジ」

セーラー服姿から軍服姿に戻った雪花の表情は、穏やかでありながらも軍人のムードを取り戻している。さっき俺に『お前は自由なんだ』と諭された後、そうだったように。

ダメだ、雪花。その画面の中の自分を他人にしては。それはお前なんだ。

お前は今日、正しいものに触れた。

それは平和とか自由と呼ばれる、あんたたちの犠牲の上に築き上げられた——浮《うわ》ついて見えるかもしれないけど、とても正しくて大切なものなんだ。

だから、雪花《せっか》。

そっちへ戻ってはだめだ。こっちへ来るんだ。

「——雪花。それを思い出にして、どこへ行こうっていうんだ。玲《レ》一號《いちごう》作戦……戦時中の命令に従って、まだ一人で戦おうとしてるのか」

「そうだ。銃後の民の笑顔を見て、その覚悟はより強固なものになった」

すっくと立ち上がった雪花は、だいぶ慣れた手つきでｉＰｈｏｎｅをタップし——

「神崎《かんざき》中尉の鋭さには内心、舌を巻いた。彼女が察した通り遊《ユウ》一號作戦のプロパガンダはついでに過ぎぬ。本旨は自分の姿を広く遍《あまね》く世界に見せ、ある者を釣り出す情報戦なのだ。そして、喜べ——その者は、掛かった」

ニヤリと笑って、ユーチューブの画面を俺《おれ》に差し出してくる。

それは第1回放送の、英語字幕版の、コメント欄だ。雪花の軍人としてのクオリティに驚いたり美貌を褒める、日本のと似たり寄ったりの英語コメントの中に……

「……？」

——TXU HJK FAQRKSJG JRK ARLS JTN YKARK WOJ GJFEPXQ——

全く読めない、意味不明な文字列がある。投稿時刻は今日の夕方。共有リンクか何かを間違ってコピペして投稿してしまったものかとも思えたが、全て大文字で、数字や記号が含まれておらず、スペースがあるのは妙だ。

俺がそれに眉を寄せるのを見た雪花は、

「DAS《ダス》 IST《イスト》 RAPUNZEL《ラプンツェル》 EIN《アイン》 VOLK《フォルク》 EIN《アイン》 REICH《ライヒ》 EIN《アイン》 FUEHRER《フューラー》 ——ウムラウト記号は母音直後にE《エー》を置いて換えるため、34字目と35字目はÜ《ウーウムラウト》として読む。換字式暗号だ」

換字式暗号……

それは文字を1つずつ別の文字にして伝える暗号で、解読に復号キーが求められるものだ。そのキーを雪花が知っていて復号した事、ウムラウトはゲルマン語の記号である事、そして後半の標語、『一つの国民、一つの国家、一人の総統』——

「……ナチス・ドイツの関係者か。『その者』ってのは」

顔を上げた俺に、雪花は頷《うなず》く。

「ラプンツェル大佐《だいさ》——姓は不祥ゆえ、名に階級称を付けてそう呼ばれる、女性将校だ。玲一號《レいちごう》作戦の完遂のため、自分は早期に彼女と会談せねばならなかった。しかし、ドイツ国防軍も武装親衛隊も無い今、どうすれば連絡できるのか考えあぐねていてな……そこで貴様たちからユーチューブの話を聞いて、ドイツを含む世界中に自分の存在を示す遊一號作戦を思い立ったのだ。先ほど、電子メールの交換も叶《かな》った。来日してくれるとの事だ」

——玲一號作戦には、当時の同盟国ドイツも関与していたのか。

「……どんなヤツで、どういう関係なんだ。雪花《せっか》は昔、ドイツに行ってたらしいが」

あの頃のドイツが出てくるとなると、キナ臭いニオイしかしない。なので俺《おれ》が少し泡を食って尋《たず》ねると、

「知人だ。それ以上の関係は特秘である。所属部隊なら戦時の公開情報までは教えよう。彼女はドイツ第三帝国軍西方大管区属の、とある連隊にいた。いや、今なおいる、と言うべきか」

西方大管区の、とある連隊に今なおいる——

つまりその連隊は、ナチス時代から敗戦後もずっと活動している。しかも女性の軍人が所属している。そんな部隊が幾つもあるハズはない。

いや、多分、たった1つしかない。

「……魔女連隊《レギメント・ヘクセ》、か……？」

「ほう、よく知っているな」

……ッ……

また、妙な所が繋《つな》がってたな。ここも。

魔女連隊は、ナチス・ドイツの残党。敗戦後逃亡し、今はテロリスト組織としてリビア、イラン、北朝鮮なんかにパイプがある秘密結社だ。主なメンバーにはカツェ＝グラッセ、イヴィリタ・イステルらがいて、極東戦役《FEW》で俺たち師団《ディーン》と戦った事は記憶に新しい。

雪花の遊一號《ユウいちごう》作戦は、玲《レ》一號作戦の一部だ。玲一號作戦は旧日本軍がオカルトに頼った作戦であり、それとナチスのオカルト部隊の継承結社《サクセスアクト》が絡んでるとなると——今後、何かやらかして事が大きくなるかもしれないぞ。

「魔女連隊とは——俺もコネがあって、今はそれほど敵対的じゃない」

「なんと。貴様も縁があったとは。血は争えぬものだ」

「ヤツらとどこで会うんだ。会談するって言ってたが」

「……諸星《もろぼし》に要請し、僻地《へきち》の山荘を押さえた。ラプンツェルは自然を好み、今の季節だと日本の雪景色を見たいとの事だったからな。同盟国軍の将校の来日に際しては礼を尽くし、これを風光明媚《ふうこうめいび》な地で歓待すべきである。という話は——向こうもこちらも建前。大佐《だいさ》は部下も少ない今、暗殺を警戒しているのだろう。自分も、あの安全ではない魔女を帝都に招きたくはない」

その辺を、ペラペラ教えてくれたって事は……

「……雪花、俺が言いたいことは分かってるな？」

「ああ、自分と共に来い。ゆくりなくも貴様が魔女連隊と交わっていた事は——天佑《てんゆう》か、はたまた遠山《とおやま》家の不幸か。自分と貴様が同じ遠山姓を持つ事に、魔女連隊も何か思う所があるかもしれん。説明を求められたら、直《じか》に事実を語るがよい。ただし……」

雪花はそこまで言うと、その切れ長の目を少し鋭くする。

「もし戦闘になったら、貴様は後方にて掩護《えんご》せよ。自分が始末する」

もし、って事は、なるかもしれないって事か。

そして始末とは婉曲《えんきょく》表現にもなってない、『殺す』って意味だ。

……いち武偵《ぶてい》として、放ってはおけないな。ここも。

4弾　アーネンエルベの花

現代の光景にも少し慣れ、『電車は戦時中と大差無い』と言っていた雪花《せっか》だが——翌日、上野《うえの》駅のホームで見た上越新幹線には腰を抜かしていた。東海道新幹線でカモノハシ顔の７００系とかＮ７００系を見慣れた俺《おれ》的には、丸目丸鼻《ラウンドノーズ》の２００系は古めかしく見えるんだけどな。

白い軍装姿の雪花と２人掛けのシートに座り、

「まるで……飛ぶように速いものだな。先頭車の前面形状も航空機のような形であった」

「実際、最初の新幹線は戦時中に軍用機を開発してた技術士官たちが作ったらしいぞ」

などと話しながら、東京《とうきょう》から70分——俺と雪花は新潟《にいがた》県、越後湯沢《えちごゆざわ》駅に着く。

ここ湯沢は川端康成《かわばたやすなり》の小説『雪国』の舞台でもある多雪地帯だ。苗場《なえば》などのスキー場はシーズン前だが、今年は初雪が早かったらしい。諸星《もろぼし》グループの保有する山荘へと向かう国道からは、もう厚い雪に覆われた北アルプスが見える。

俺と雪花は温泉街を通り抜け、アスファルトの上り坂を進む。標高が高くなってくると、いつしか周囲の山林も雪景色になってきた。さらに雪をかぶった細い私道を慎重に登って、午後4時過ぎ……雪花がラプンツェル大佐《たいさ》との会談場所にした『燕峰閣《えんほうかく》』に辿《たど》り着《つ》く。

数年前に閉鎖された三国《みくに》スキー場の銀世界を眼下に見渡す燕峰閣《えんほうかく》は、想像していたより
ずっと大きい。山荘というより和風のリゾートホテルといった佇《たたず》まいだ。諸星《もろぼし》グループの
福利厚生施設として営業しているため、入った広いロビーの清掃も行き届いてる。休暇の
時期じゃないので丸ごと貸切にしてもらえて、ガランとしてるのはいいんだが……従業員
たちは、いるな。ヘタに騒ぎを起こして巻き込む事のないよう、気をつけないと。

雪花《せっか》がフロントで、「ドイツ人の客が来たら通せ。それ以外は通すな」と和服姿の女性
従業員に指示していたので——

「いつ来るんだ、そのラプンツェル大佐《たいさ》は」

腕時計を見ながら俺《おれ》が尋《たず》ねると、

「明日の正午に着くとの事だ。今日はここで一泊し、英気を養うぞ。ところでキンジよ、
貴様は泳げるか？」

軍帽を小脇に抱えた雪花が、妙な事を尋ねてきた。

「……？　まあ、人並みにはな」

「事前に諸星から館内図をメールでもらっていたが、この旅館にはスイミング・プールが
あるとの事だ。待つ間で、水練《すいれん》をするぞ」

「水練……水泳か？　なんでだよ」

水着の予感がするぞ。イヤだな。

「昨晩の内に峰《みね》少尉に依頼し、自分と貴様の水着は用意してある。貴様が教官役をやれ。ここだけの話、自分は泳ぎが不得手でな」

「……海軍の軍人なのに？」

俺が呆《あき》れると、雪花はムスッとする。

「軍では自分だけ肉体が女だからと仲間外れにされ、海浜での水練に連れていってもらえなかったのだ。学ぶ機会が無かったものを体得していないのは当然である」

あー……なるほど。海軍の水練といえば、赤褌《あかふんどし》一丁でやるものだったらしいからな。

そりゃ確かに、雪花は参加させられなかっただろう。

「別に今日やらなくてもいいだろ。来年の夏やれ」

そこは納得がいったものの、そんな大昔の宿題に付き合わされるのはゴメンだ。海軍の皆さん同様、俺だって女と水泳の練習なんてありえん。しかも身内とはいえ、こんな完全無欠のプロポーションをした美人と2人っきりでだなんて、ヒス的に——

「ラプンツェルは水場も好むのだ。今後あの女と接する機会が増えた際、自分が泳げないようでは心許《こころもと》ない。泥棒を見て縄を綯《な》うような話だが、今日中にバタ足までは覚えるぞ。善は急げだ。来い。帝国軍人たるもの、常に欠点の克服に努めねばならんッ」

雪花は俺の手首を掴《つか》み、着替えなどが入ったトランクを提げてロビーをスタスタ歩いていく。既に館内の見取り図は頭に入れてあるのか、迷うことなく『←プール』と書かれた方へ。

こういうところ、やっぱり雪花《せっか》は生き急ぐ癖があるよな。それはまだ自分が戦争の中にいて、いつ死んでもおかしくないという意識からの事なんだろう。


「おお、温水だ」

「そりゃこの季節そうだろ……」

燕峰閣《えんほうかく》のジムにあった室内プールは、長さ15m、幅7m、深さ1・2m。天井がガラス張りで、そこから夕陽《ゆうひ》が採光されてる。キラキラ光る水面《みなも》で一緒にプールに入った雪花の美貌が彩られ、気まずい事この上ないぞ。本当に良くない設備だな。プールって。

理子《りこ》が昨日の今日で用意したという水着は……俺《おれ》のは西友《せいゆう》の値札がついてた580円のサーフパンツ。雪花のは、正面から見ると普通の紺色の競泳水着……なんだが、後ろから見ると背中にX、オシリにY字形の細布だけがある大胆なカットのもの。

男子更衣室の端と端でコソコソ着替えてから改めて対面した時には一旦安心したのに、雪花が準備運動に例の海軍体操を始めて——その痴女じみた背面に気付かされ、こっちは腰を抜かしましたよ。ていうかこれ絶対正式な競泳水着じゃないだろ。化繊の生地も妙に薄いし。

で、前は水着姿、後ろはハダカみたいな雪花と一緒に温水プールに入り……向かい合う。

『泳ぎが不得手』って言ってたが、何から教えりゃいいんだ。どのくらい出来る」

「水に顔を付けるぐらいなら出来る」

「そこからかよ……」

「見ろ。プクプクッ——ぷはぁッ。はぁ、はぁ、どうだ。3秒は超えたろう」

顔を上げた雪花《せっか》は、水に咲く花のような屈託のない笑顔。それが年下みたいに無邪気で愛らしく、気恥ずかしくなってしまった俺《おれ》は……

「ああもう……引っ張ってやるから、なんとなくでバタ足やれよ。習うより慣れろだ」

意外なまでにしなやかな雪花の手を左右ともに取り、自分が後ろに歩いて引っ張る。

そしたら、

「わぁ。ぷぁ、おい貴様っ、速い、もっと、ゆっくり……」

雪花は一応バタ足に挑んではいるみたいなんだが、結局、前傾姿勢で歩く事しかできてない。こりゃどうりで事務方とか陸戦隊にされてたわけだ。危なっかしくて、軍艦なんかとても乗艦させられないよ。そういえばエンディミラも風呂で溺れてたけど、『そこ』と『ここ』はカナヅチ同士のバランスも取ったんですかね？

「うーっ……ぷあっ、はぁっ……うあっ、はぁっ……ぷはぁっ……」

俺に引っぱられる雪花が、あっぷ、あっぷ。溺れかけつつも、ちょっとずつ脚を後ろに浮かそうとしてる。だが体の前面で水を受ける抵抗が大きすぎて、うまくいかないようだ。

「顔を上げたままにしようとするな。息をする時だけ上げるんだ」

教官役を命じられたんで、一応そんなコツも教えてやったりしつつ――俺はギューッと握ってくる雪花の両手を放さず、水中を後ろ向きに歩いていく。３ｍ、６ｍ……

「あっ……うっ……や、やってみる……ぷはっ、あっ、きゃっ……ぷはぁっ……！」

お？　割と女の子の声出しますね。普段あんだけ男ぶってるくせに。

「息は吐いたらすぐ吸え。肺の空気を失った状態だと足が沈んで、水平を保てなくなる」

「はっ、はぁっ、ぷはっ、はぁっ――はっ――ぷはっ――」

雪花はマジメな女でもあるので、俺のコーチングに素直に従い……

しばらくやってると、その息継ぎがだんだん水泳っぽくなってきた。ぱしゃ、ばしゃ、と、足もようやく水面に浮かんできたぞ。

「そうそう。マシになってきたぞ」

上がってきた雪花のスピードに合わせて、俺も後ろ歩きするスピードを速めていく。

すると、次第にバタ足が出来るようになってきて、浮かび始めた雪花の……雪花の……

（……っ……！）

背面は細っそい布でしか隠されてない、背中とか、オシリとか、太ももが……！

今や水面下すぐの所まで全体的に浮かんできていて、それがなんでか全面肌色、つまり丸裸に見えるんですが⁉　なんでですか⁉

ポロリどころかスルリと水着が脱げちゃったのかと心配したが、そうではないようだ。これは俺《おれ》側の視覚の問題——波で水面が揺らぎ、細布を目で認識しづらくなってるせいと思われる。オバケっぽいなと思った柳《やなぎ》がオバケに見えてしまうように、人間の目と脳には不完全に見えるものを『あれっぽいな』と思うと『あれ』に見えてしまう補正機能があるのだ。さっき、ハダカっぽいなと思っちゃったせいで——俺の目と脳は今、雪花《せっか》の背面をハダカと認識しているのだ。スゴイな目と脳！

あっ、しまったッ……！　背面が丸裸なら、前面も丸裸なはず……とか思っちゃったら、なんか今、本当に全裸の雪花を引っ張ってるように思えてきたぞッ……!?　生あったかい温水プールで血の繋《つな》がった美女をハダカにしてチャプチャプ戯れるとか、退廃した王族の遊びかよ……ッ！

などとテンパってたら、後方確認を全然してなかった俺は——

「うおっ!?」

べしっ。プールの15mを歩ききってしまい、内壁に背中をぶつける。

「むぐっ」

「……っ……！」

なんとかバタ足で推進力を作れていた雪花が、その俺に正面から衝突してきて……

「……あ……」

こっちはリアルにハダカな俺の上半身に、雪花は薄い化繊越しにとはいえ上半身を密着させてしまう。抱き合うように。

というか、抱き合ってしまった。繋いだ手が解《ほど》けて、雪花が本能的にしがみついてきて。泳げない雪花を放したら危ないと思った俺も、とっさに抱き留めて。

水着のせいで雪花の背はほとんど全露出しているので、俺の右手は……きめ細やかで、張りと色艶を併せ持つ雪花の柔肌《やわはだ》を強く抱いている。

雪花を溺れさせないため、その体を少しでも掬《すく》い上《あ》げようとした俺の左手は……ハーフバックのナイロン水着をぴっちり食い込ませた臀部《でんぶ》の右半球を掴《つか》んで支えている。ここも俺の指に反発する瑞々《みずみず》しい弾力と同時に、その指を沈ませる柔らかさが兼ね備えられてる。男には決してない、女の体だけが織り成す奇跡の触り心地だ。

さらに抱き合ってる体勢の都合上、俺と雪花の顔も——くっつく寸前だ。雪花の額から転がった水滴が、お互いの鼻先と鼻先の間に挟まって止まるぐらいの至近距離。

「……っ……」

切れ長の目を大きく見開いた雪花は、自分の体を男の腕が力強く抱いた事に——ドキッという音が聞こえてきそうなほど、心臓を強く拍動させた表情をしている。

それは——今まで見た雪花の表情の中で最も明らかな、女の顔——

「……」

中が透けて見えそうなほど薄い水着を易々《やすやす》と乗り越えて、雪花《せっか》の体の中で最も柔らかい、つきたての餅みたいな両胸の熱が伝わってくる。推定Eカップのそれは俺《おれ》の体にピッタリ密着していやらしいほどに形を変え、浮力を受けて水面に迫り出《せだ》してもいる。大きくてもそこは敏感な部位なのか、雪花も俺の体温を両胸から感じ取っているらしく……俺たちはプールの端で抱き合ったまま、どんどん赤くなっていく。

俺もだが、雪花も、この状況にどうリアクションしていいのかが分からないらしい。

こういう時——突然、相手を異性として意識してしまった時——どうやってごまかせばいいのか、お互い、頭の中にデータが無い。だから、抱き合ったまま固まっている。

聞こえるのは……ちゃぷん、ちゃぷん……という水の音と……どきん、どきん、というお互いの心臓の鼓動だけだ。

——雪花は——

かつて自分のことを男だと思うように、心を歪《ゆが》めさせられた。戦争のために。

でも今、男に抱き留められてテンパっている姿は女のものだ。

その心は、この水面《みなも》のように揺れている。男と女、戦争と平和の狭間《はざま》で。

でも、あの平和な竹下通《たけしたどお》りを女子として歩き、幸せいっぱいの笑顔になれていた雪花がどっちを選べばいいのかは明らかだ。

だから、今は。雪花が女として、何かを感じ取れるのなら。

俺は男として、その前に立ってやってもいい。

それが雪花を、今なおその心を縛るあの戦争から救う力になるのなら——黒豹《くろひょう》——

（……く、黒豹？）

ありえないモノが見えちゃったんで、マジメな思考が中断されてしまった。

雪花の肩越しに見える、向こう側を……スイ、スイ、スイーっ。

いつの間にかプールに入っていた黒い豹が、泳いでる。ネコ科なのに犬かきで。

さらに、スイーっ。どこかで見た覚えのあるカラスが滑空したぞ、水上スレスレを。

「な、なぜ……そんなに自分を強く抱き続けるか。貴様、また、妙な気を起こしたのか。

自分のような者に対して、何度も、どうしてだ。い、犬猫でもあるまいし……」

「いや、犬・猫じゃなくて、豹《ヒヨウ》・烏《カラス》……」

モジモジしながら何やらゴニョゴニョ語った雪花に、俺が俺自身にもワケの分からない
受け答えをしたら——そのトンチンカンなセリフで雰囲気の流れが変わってしまい、

「……は？　ど、どちらにせよケダモノであろうッ。ええい、いいかげん離れろッ！」

雪花は大きく肘を上げ、がっし！　がっし！　俺の頭に肘鉄の連打。そのたびに剃《そ》り跡《あと》
一つ無い滑らかな腋《わき》を見せつけられるもんだから、女性の腋という部位が案外ヒスい事を
知る俺は顔を背け、そのせいで肘鉄砲をモロにもらい続ける。これが痛いの痛くないの。

たまらずプールサイドに這《は》い上がった、奥歯がグラグラする俺に——

「あーあ。まーたやってんのかよ、遠山《とおやま》。お前ほんと、いっつもブレ《ブウー》ないな」

呆《あき》れるような、そして聞き覚えのある女子の声が前から掛けられて……

顔を上げたら、目の前にメタリックな銀色ビキニ、女児しゃがみの、

「カ、カツェ？」

黒髪おかっぱ頭に魔女帽を被《かぶ》り、右眼《みぎめ》に鉤十字《かぎじゅうじ》マークの眼帯をした、カツェがいるぞ。

何でここに、とはあまり思わないけどね。魔女連隊《レギメント・ヘクセ》という名前が出た時点で、再会は予想できてたよ。

魔女連隊の連隊長——カツェ＝グラッセ。この子は俺《おれ》と同じように過激なバトルを次々渡り歩く人生を送っている、同情すべき少年少女の1人である。

ちなみに同情すべきなのはビキニ水着姿もで、胸はAカップと思われるし、お尻周りもボリューム不足。アリアのビキニ同様『お子様がムリして着てる』感があって痛々しい。

おかげで笑いがこみ上げてきて、ヒス血圧はこみ上げず、助かりますけどね。

バサバサとその白い肩にとまったカラスは——ペットというか遣い魔の、エドガーだ。

「電話したけど出ないから、どこかでテロにしくって死んだかと思ったぞ。割とマジで」

「民間機《コリヨハンゴン》で来たから、電源切らされてたんだよ。悪《わり》ぃ悪ぃ。なあなあ、お前ベイツ姉妹と戦《や》ったんだって？　よく生きてるなー今。ケケケ」

航空会社名の時点で相変わらずカツェがヤバイ橋を渡ってる事が分かり、カツェも俺が

ヤバイ橋を渡ってる事は業界の情報網で知ってるようだ。

プールサイドにあぐらをかいた俺と女児しゃがみのカツェは、お互いを見てニコニコ、ニヤニヤ。キツイ人生を送ってるのは自分だけじゃないことを相手の存在で確かめ合い、同病相憐《あいあわ》れむ的な安心感を満喫する。

「武装親衛隊の将校たちか？　ラプンツェル大佐以外を呼んだつもりはなかったがな《Sied ihr Offiziere von Waffen-SS? Ich dachte, ich hätte nur Oberst Rapunzel eingeladen.》」

プールサイドに上がってきた雪花《せっか》は……そんな俺とカツェを見てなんか不機嫌そう。

何を言ったかは、ドイツ語だったので分からなかったが……

「日本語でよろしくてよ。お目に掛かれて光栄ですわ、遠山中佐」

それに日本語で答えたのは、プールサイドにもう1人いた——黒いボンデージみたいなビキニにナチスの軍帽だけという、ＳＭの女王様みたいな姿の白人美女。

並び立った雪花よりは若干《じゃっかん》背が低いものの、白磁のような肌の胸のサイズは同格だ。

「ワタクシはイヴィリタ・イステル。第三帝国軍、西方大管区属、魔女連隊の長官を務めさせていただいている者ですわ。遠山氏もお久しぶりね」

軍帽の下に長いストレートの金髪を垂らし、鋭い碧眼《へきがん》と真っ赤な口紅をした唇でどこかサディスティックに微笑《ほほえ》む彼女は——イヴィリタ長官。最後に見たのはアムステルダムのＷＴＣ《ベーテーセー》ビルでだったな。

イヴィリタは魔女ではなく、魔女連隊の管理職をやってる女だ。階級は確か、少将。

「水場でアンタに会うのはイヤな思い出がよぎるな」

よっこらしょ……と立ち上がった俺《おれ》は、イヴィリタには開口一番イヤミだ。なにしろ、コイツはこの遠山《とおやま》キンジを最初に殺した女だからな。魔剱《アリスベル》を雇って、捕らえた俺を鋼鉄の檻《おり》に入れ、大西洋にジワジワ沈める残忍な手口で。

「あら、何の事かしら。最近、物忘れがひどくて……」

「あ？　何て言った？　最近、耳が悪くなったかな俺」

今は俺と仲良くしたいのか、満潮《まんちょう》刑を都合良く忘れた事にしてるイヴィリタに——俺は半ギレで指をパキポキ鳴らす。プールからピョーンと上がってブルブル全身から水を払う黒豹《くろひょう》……確かブロッケンって名前だ……が、イヴィリタに敵意を見せた俺にキバを剥《む》く。

「こら、キンジ。貴様と魔女連隊《レギメント・ヘクセ》は敵対的ではないと言っていなかったか？」

早くも問題が起きそうなので、雪花《せっか》が制してきて——

「カツェとはな。イヴィリタは俺を殺した女だ」

「いま貴様は生きているではないか」

「生き返ったから」

「ああ、なるほど。理に適《かな》っているな」

とかいう遠山家トークには、カツェが「適っている理はどこにあるんだ……？」と眉を寄せてるよ。

「それに何かおかしいぞ。お前ら到着が早すぎないか。ラプンツェル大佐《たいさ》は明日来るって話だったハズだ。一緒じゃないのか」

「確かに……ドイツ人は時間に正確な国民性だと思ったが？　今は約束の凡《およ》そ20時間前である」

俺が言うと、雪花も訝《いぶか》しむようにイヴィリタを見る。

するとイヴィリタは大仰に手を広げて、わざとらしくフレンドリーな笑顔を向けてきた。

「ワタクシたちはラプンツェルの代理人から連絡をもらって、一足先にここへ来ましたの。遠山中佐のお耳に、前もってお入れしたい件があってね……軽々しく話せるような事でもないので、まずはここでプールパーティーをして親睦を深めたいと思いますわ。お話は、その後しましょ」

「大佐は自分がハバクク書……聖書の中から出て来る、みたいなワケわかんねー事言ってたんだけどさ。代理人のメールじゃ、コペンハーゲンにある魔女連隊支部からフォッケ・アハゲリス――Ｆａ２６９改に乗って出たって話だぜ。あれはそんなに航続距離も無いしスピードも出ねーから、フライトは実際あと20時間ぐらいかかると思う」

大人ボディーの２人と比較すると一層ガキっぽく見えてしまうカツェが、そう言い……とりあえず、ラプンツェル大佐が来る時刻は予定通りだという事は分かった。

だが、その前に魔女連隊が雪花としたい話とは何だろう？　しかもイヴィリタは雪花の信用度をチェックするような時間までこのプールで取るようだ。よほど重要な話だろう。内容は見当もつかないが、少なくとも——平和なガールズトークには、ならなさそうだな。それだけは分かる。

鳥獣をプールに入れるのは衛生的にアレなんでやめろと叱ったが、カツェが「遣い魔は魔女の第二の命、魔女の一部だぞ」とか怒るしエドガーも目をクチバシで突いてくるんで俺《おれ》は暴力に屈服。残念ビキニのカツェと、エドガー&ブロッケンを交えての水遊びに付き合わされるハメになった。

雪花《せっか》とイヴィリタは燕峰閣《えんほうかく》に用意させたドリンクを傍らに、デッキチェアに掛けて——こっそり読唇してみたところ、主にお互いの自己紹介をしていた。雪花は女性に優しく、イヴィリタも日本軍の軍人には礼儀正しいので、そのムードは友好的だ。

そうして、日も暮れた頃……

俺たちは温水プールを後にし、俺と雪花、カツェとイヴィリタのそれぞれに提供されたスイートルームで休憩してからレストランで再集合した。

レストランの個室は全て和室だったが、外国人のイヴィリタたちを見た山荘の従業員が気を利かせて立派なテーブルとイスを用意してくれている。

俺は雪花に「向こうが話をしやすくなるよう、服装を合わせろ」と言われ、明日のため持ってきていた白い軍装に着替えてきた。雪花は元々軍服で、カツェとイヴィリタは全館貸し切りで良かったなと思わざるを得ない武装親衛隊の黒制服で現れてる。ただ、いくら命の一部という主張があるにせよ、エドガーとブロッケンを連れてくるのはいかがなものか。レストランだよここ？

「予定時刻ちょうどにコースが始まる――日本人こそ、世界で一番時間に正確ですわね。食事も健康的で、料理の見た目も美しい。ワタクシは日本の文化を尊敬してましてよ」

双頭の鷲《わし》と逆卍《まんじ》印が彫金された懐中時計を片手に、イヴィリタが笑顔で日本をヨイショしてくる。前にルクセンブルクでも似たようなツカミから入ってたよな、この人。

「では、日独の血盟に乾杯」

「乾杯《ツムヴォール》だ」

イヴィリタと雪花が、食前の柚子《ゆず》酒でそう挨拶し――松茸《まつたけ》、むかご、黄金ねぎといった旬菜が運ばれてきて、会食が始まった。カツェは栗茶巾《くりちゃきん》を摘《つ》まんでパクッとやり「なんだコレうめえ！　お姉さんおかわり！」とか和服姿の女給さんに注文してるよ。

「ラプンツェル大佐《だいさ》は健勝であるか」

先椀《さきわん》の清《す》まし仕立てを行儀よく口にしながら、雪花が未《いま》だに詳細を特秘として語らない玲《レ》一號《いちごう》作戦、その完遂に係《かか》わるという彼女の事を早速イヴィリタに尋《たず》ねる。

「代理人の話によれば、そのようですけれど。実は、大佐《たいさ》とはワタクシたちも明日初めて会いますの」

「会った事ないのかよ。ていうか、そもそもラプンツェル大佐《たいさ》ってのはどんなヤツなんだ。急な話だったから、女性だって事ぐらいしか俺《おれ》は知らないんだが。プロフィールぐらいは知ってるんだろ、お前らの仲間なんだし」

車海老《くるまえび》を囓《かじ》りつつの俺が、雪花《せつか》が教えてくれなかった事をイヴィリタに尋《たず》ねると……

「大佐は魔女連隊《レギメント・ヘクセ》の誉れ高き初代メンバーの1人で、その最後の生き残りでもありますの。没落した宮廷魔女の家柄で、戦前はケルンで小さな花屋を細々と営んでいたそうですわ」

お花屋さん……？　なんか、安全そうな人じゃない？

しかも、じゃあ相当なお婆《ばあ》ちゃんなわけでしょ。なんか平和裡《へいわり》に終わるかもしれないな。この件。

「彼女は薬の調合に長《た》けた薬魔女《アポチカ》で、彼女の花屋では花から作った内服薬——東洋でいう漢方薬のような物を取り扱ってもいましたの。それをヒムラー長官がヒトラー総統閣下にお伝えして、総統閣下は大層その薬をお気に召されたとか」

……うーん。話に、平和じゃないメンツが登場し始めたぞ……

ヒトラーは自身の体調不良を克服するために、やたらめったら薬を使いたがる人だったらしいからな。ナチスの神秘主義者ヒムラーが紹介した魔女の薬にも手を出してたという話も、さもありなんだ。

「ラプンツェルはその縁で武装親衛隊に招き入れられて、魔女連隊の立ち上げメンバー、その7人の1人になったんだ。当時は凄《すご》い美少女だったらしいぜ。それで付いたあだ名は、『アーネンエルベの花』――」

刺身の氷盛りは食べなかったが、次に来た和牛のグリルはモリモリ食べるカツェが言い……俺は、こっちにもいる花、雪花をチラ見する。

雪花は当時のドイツの生き証人でもあるので、その辺の事は知っているらしい。だが、知人の昔話を懐かしがるような表情はしていないな。少なくとも楽しげじゃない。

「それが今も魔女連隊のメンバーなんだろ？　お前たちと一緒に活動してないってことは、幽霊部員みたいな状態なのか？」

カツェの分も刺身を食べる俺が尋ねると、イヴィリタは少し目付きを鋭くする。

「幽霊。正しい表現かもしれないですわね。彼女は1945年のベルリンで戦死した、という記録がありますの。その後も魔女連隊に戻った記録は無いですわ。まあ、終戦間際の親衛隊員は自分を死んだ事にして逃亡するのが常套手段《じょうとうしゅだん》でしたけれどもね」

「それから65年間ダンマリだったのが、遠山《とおやま》中佐のユーチューブをきっかけにデュッセルドルフの連隊本部へコンタクトしてきたんだ。『中佐に会うから警護を要請する』ってな。今90歳ぐらいなわけだから――自分じゃ連絡すらできなかったみたいで、代理人を使ってメールしてきてさ。もちろんあたしらも疑ったぜ？　でも、やりとりするメールの内容に魔女連隊《レギメント・ヘクセ》じゃなきゃ知り得ない情報がありまくりで、どう考えても本物なんだなこれが」

イヴィリタの話も、カツェの話も……気味が悪いな。

そしてラプンツェルは雪花《せっか》に会うのに際して、魔女連隊の本部に警護を要請したのか。

警戒されてるな、雪花。

まあ、雪花もラプンツェルとは戦闘になる可能性を考慮してたからな。旧同盟国の軍人同士とはいえ、日本軍はナチスに、ナチスは日本軍に、すぐ武力に訴えるヤツらだというイメージが抜けないんだろう。基本正しいし、そのイメージ。

「何をやりとりしたか。大佐《だいさ》とは」

冷鉢《ひやしばち》の鮑《あわび》を食べる雪花が尋《たず》ねると、イヴィリタはトボケるように流し目して――

「本人性確認をしただけですわ」

と答えたが、雪花は鋭い洞察力で何かを見抜き……少しイラついたように、足を小さく揺すり始めた。金持ちゆすりと呼べと言われたその癖で、わざとなのかもしれないが――

カチカチ……と、軍刀を吊《つる》す刀帯《とうたい》の環が鳴る。そして雪花は、

「では質問を変えよう。貴官らは何をしに来た？」

カツェが『警護』と目的を間接的に語ったのに、イヴィリタに訊《たず》ねた。するとカツェが眼帯のない方の目で上官を見る。『とうとう本題を話す時だ』というような態度で。

ここでこの性悪イヴィリタが話をはぐらかしたら、短気な雪花が「キヲツケェイ！」を

やりかねない。なので、

「俺《おれ》も、将官が佐官を警護しにくるのは過保護だと思うぞ。お前たちは別の目的があってここに来たんだろ。プールで『お耳に入れたい事』って言ってたのがその目的で、事前に俺たちと仲良くしようと努めてるって事は……それを手伝えって話か、少なくともジャマするなって根回しをしとこうって事だ」

探偵科《インケスタ》の授業を思い出しながら、察知できた所までを代わりに話してやる。

するとイヴィリタは金髪頭を小さく揺らして——決まり悪そうに笑いながら、語る。

「まあまあ。こわい顔をなさらないで。仲間の恥をさらすようで言いにくかったのだけど……ラプンツェル大佐《たいさ》は代理人を通じても分かるほどに、耄碌《もうろく》なさってる様子でしたの。そのためか、ワタクシたちとは随分もの・考・え・方が違うようでして」

「アブネー感じなんだよ。メールではイヴィリタ長官がうまく話を合わせてくれたけど、イカレてる。魔女連隊を改革するとか、一部のメンバーを粛清するとか言い出しててさ。ただ、それも代理人を通じてのやりとりだったからな。明日、本人に会って確かめる」

イヴィリタとカツェの言葉に、俺は少し面食らうが……

「確かめて、どうする」

初めからラプンツェルを危険な魔女と判断していた雪花は、落ち着いている。

イヴィリタは……そこでようやく本音を語る調子になり、

「逮捕して、裁判して、何なら殺しちゃおうかなって。別にいいでしょ？　彼女、十分に長く生きたし」

どうやらラプンツェルと相当な軋轢《あつれき》があったらしく、額に逆卍《まんじ》形の血管を浮き立たせて──笑みを浮かべた。俺《おれ》を殺した時と同じような、ナチスの残忍さ丸出しの冷たい笑みを。

魔女連隊《レギメント・ヘクセ》は……仲間割れしてるんだ。

雪花《せっか》の動画を契機に突然現れ、高齢のため認知症にでもなっているのか──魔女連隊を引っかき回すような事を言い出したラプンツェル大佐《たいさ》と、このイヴィリタたちとで。

そしてコイツらにとっては、人事《じんじ》で問題が起きた時の解決方法はシンプル。殺害だ。

ラプンツェル大佐は魔女連隊の創設メンバーの１人。ヒムラーやヒトラーにも貢献した、彼女らにしてみれば伝説の女だ。少なくともコペンハーゲンの支部は協力してるようだし、それを大っぴらに殺せば連隊内部に無駄な軋轢を生む。だから部下をワラワラ連れて来ることもせず、秘密裡《ひみつり》に──暗殺するつもりなんだ。ここに来る前に雪花もそんな事を予想していたが、当たったな。

「というわけで、遠山《とおやま》中佐。彼女とのお話があったら、明日は早々に済ませてくださいな。ラプンツェル大佐の状態がよろしくないものと確認できたら、タイミングを見てキュッとやっちゃいますので」

「そういうこった。ジャマすんなよ遠山も」

　2人の話を聞いた雪花は貧乏ゆすりをやめ、目を閉じて……静かに、止椀《とめわん》を口にする。

「ラプンツェル大佐《だいさ》は勇敢、狡猾《こうかつ》、猛進で鳴らした武装親衛隊員。殺害を企てようとも、失礼ながら貴官らでは困難だろう。逆に、数多《あまた》の弔花《ちょうか》に葬られ──命を落とす虞《おそれ》が大きいことを覚悟されよ。明日は自分があくまで大佐と話す。それで彼女の『ものの考え方』が改まる場合もあるかもしれん。結果が貴官らの意に添うものになる事を祈るが──最後は、大佐次第だな」

……弔花がどうのという言葉の意味はよく分からんが、暗殺をやめろとは言わないぞ。ちょっとちょっと中佐。この風光明媚《ふうこうめいび》な山荘で計画殺人が起きちゃいますよ。暗殺現場に同席してそれをスルーしたら、俺は武偵《ぶてい》法9条の解釈次第じゃヤバイんですよ？

「おいイヴィリタ、カツェ。殺すな。それ以外の方法で何とかしろ。人間誰しもいつかはボケるんだ。それは罪じゃないし、そんな放っといたって死にそうな歳《とし》の──」

　俺が軽くキレてイヴィリタとカツェを説得しようとしたら、バサバサッ。タタタタッ。エドガーが飛んできて、ブロッケンが走ってきて、グサガブッ！　いたたたた！　目を突かれて、スネを囓《かじ》られた！

　2匹と取っ組み合ってるとこに女給さんがデザートのブラマンジェを運んできて、俺の発言の機会は失われてしまったが──クソッ、明日は面倒な事になりそうだ。イヴィリタ、カツェ、雪花、ラプンツェル大佐も……全員、何をしでかすか分からないんだからな。

5弾　花冠の帰還兵《ブルーメン・クローネ》

燕峰閣《えんほうかく》のスイートルームは本来ファミリー向けで、70平米はある。部屋は液晶テレビやデスクのある広いリビングルーム、洋室のベッドルーム、さらにフトンを敷く事のできる和室と3つもあった。おかげで俺《おれ》は雪花《せっか》と相部屋でもヒス的に怖い思いをせずに済んだよ。

ただ、夜中に別の意味で肝が冷えたのは——和室の障子の外、窓際の広縁《ひろえん》でイスに掛け、サーベル式軍刀や十四年式拳銃をチェックしていた雪花の真剣な表情だ。

海《うみ》ほたるの地下施設で俺、金一《きんいち》兄さん、ジーサードと同格の戦闘力を見せた雪花が——一定程度、死を覚悟している顔をしていた。会談の流れ次第で戦闘になりかねないことは最初から想定していたようだが、そんなにヤバイ相手なのか。ラプンツェルって魔女は。

(明日、血の雨が降りませんように……)

とか思いつつ洋間のベッドで1人横になっていると、窓の外には雪が降ってきた。閉鎖されているものの、山荘の前に広がるスキー場へと雪が積もっていく様子を眺めているうちに……気がついたら寝落ちしていて、翌朝——

そのゲレンデで、イヴィリタとカツェがスキーやスノボでキャッキャ戯れてる声がして目が覚めた。歯磨きしつつ広縁からそれを眺めるが——いくらゲレンデが無人で貸切状態だからって、人を暗殺しようって日の朝によくノンキに遊べるなあいつら。しかもまだ雪降ってるのに、ブロッケンとエドガーもよく付き合えるね。俺なんか朝から胃がキリキリしてるよ。

それから雪花はプールでビート板を使ったバタ足の練習をし、俺も今さらながら拳銃の簡易整備などをして、不安な午前中は過ぎ――

ラプンツェル大佐《たいさ》が来るという、正午が近づいてきた。

軍服に着替えた俺と雪花、カツェとイヴィリタが燕峰閣のロビーに集合し、ソファーに掛けて待っていると……

「――来たぞ、Fa269改。大佐《たいさ》だ」

魔女帽の鍔《つば》の下からゲレンデの向こうを見ていたカツェが、北の空を指さす。

イヴィリタが使っていた軍用の双眼鏡《カール・ツァイス》を借りてその聞き慣れない航空機を見てみると、実に奇妙な双発機だ。２発のプロペラは左右の翼の後ろにある推進式。白い迷彩カラーで視認しにくい機体は太く、爆撃機、輸送機といった印象だ。垂直尾翼の逆鉤十字《ハーケンクロイツ》も灰色で低視認性《ロービジ》迷彩にしてあるあたりは現代的だが、航空力学的にはギリギリ飛べるレベルって感じの奇怪な造りをしてる。大戦中のドイツ軍は異様な形状の航空機をあれこれ開発していたが、その一つを再現したものなんだろう。

「滑走路が無いのにどうするんだ。ゲレンデに下から坂道着陸するつもりか？」

俺《おれ》が双眼鏡を返しながら尋《たず》ねると、イヴィリタは——

「フフッ。ドイツはあの離着陸機構を70年前に設計していましたのよ。Ｆａ２６９は元々迎撃機ですが、コペンハーゲン支部ではそれを現代の素材で輸送機に造り替えたのですわ。実機はワタクシも今初めて見ますけど、よくできてますわね」

「ラプンツェル大佐《たいさ》は支部に先月ヒョッコリ現れたらしいんだけど、その前から代理人がジャブジャブ資金をくれてあのＦａ２６９改を準備させてたんだってよ。代理人は正体を明かさないけど——きっとどこかの名のある大富豪がネオナチで、そいつが派遣したな。魔女連隊《うち》の資金源あるあるだ」

とか言うカツェと一緒にドヤ顔。イヤなあるあるだなぁ。

俺と雪花《せっか》が見守る中、Ｆａ２６９改は湯沢《ゆざわ》上空に到達し——

着陸地点を探すように旋回しながら、驚いたことに、主翼の一部をネジリ始めた。

——あれは……

（オスプレイ《V22》と同じ、垂直離着陸機《VTOL》か……！）

それをドイツが戦時中に開発していた事も驚きだが、ゲレンデの下にある平らな雪原にＦａ２６９改が着陸していく光景にはもっと驚かされる。遷移飛行で減速して、垂直降下していくのはオスプレイと同じだが——主翼の後ろに付いた推進式ローター翼《エンジンナセル》を、ネジリ下げていくのだ。つまり機体上にローター翼を構えてブラ下げるのではなく、下に構えて支える方式。それだけでも世界的に珍しいのに、Ｆａ２６９改はローターを主翼の真下にまで下げる事はしない。中途半端な角度までしか下げず、代わりに機首を斜め上へ向けて着陸態勢とした。あれはテイル・シッターと呼ばれる方式に近い。操縦者は、鏡で地上を見て着陸するんだな。器用なもんだ。

大戦後期に飛行場を破壊されまくったナチス・ドイツは、滑走路が無くても運用できる迎撃機を計画してたというが——それは、ああいうものだったんだな。世にも珍しい物を見せてもらえて、得した気分だ。ドアガンが内蔵されているであろう機体側部のハッチをこっちに向けて駐機したのは、気に入らんけど。

奇想天外な兵器ショーはそれで終わりかと思ったら、まだあった。Ｆａ２６９改の後部ハッチから——雪原に、もう１機ズルリーッと滑り出てきたぞ。

「——あれは戦前に見た事がある。ケッテンクラートだな」

「……それが、スキー履いてるぞ」

そう語る雪花と俺だけでなく、その乗り物の出現にはイヴィリタとカツェも「ケッテンクラート・アイスベルだわ」「バルバロッサ作戦でちょっと使われたヤツですね」などと珍しそうに話してる。

ケッテンクラートは後輪が戦車みたいなキャタピラで、前輪がバイクみたいなタイヤの半装軌車……のハズなんだが、ゲレンデを駆け上がり始めたその車体では前輪のタイヤがスキー板に付け替えられている。これも冬季迷彩カラーで見えにくいが、スノーモービルみたいな改造車だ。

雪をV字形に撥《は》ね上げつつ、長くて広い雪の坂道を上がってくる車体——その後方には、何やらヒラヒラとカラフルな物が舞い散っている。赤、黄色、青、紫、緑。キレイだが、何だろう？

何分か掛かってゲレンデを上がってきたケッテンクラート・アイスベルは、魔女連隊《レギメント・ヘクセ》のエンブレム・『盾と荒ぶる黒獅子《くろじし》』を見せつけるように大きくターンして……スキー場と直結している、この燕峰閣《えんほうかく》の前で停車する。

バイク用のハーフヘルメットを被《かぶ》った運転手は、軍服姿ではない。ＯＬみたいなパンツスーツにマフラーを巻いた、メガネの金髪美女だ。ぶきっちょに降車した足下も、ただのパンプス。

そのいかにも一般人といった感じの彼女が、キャタピラの上の席……後部座席に深々と座っていた異様な女の手を取り、雪かきがされた車寄せに立たせている。

あれが——

「……想像してたのと、かなり違うんだが。あれがラプンツェル大佐《たいさ》か？」

ラプンツェルと面識があるのは雪花《せっか》だけなので、一応確認すると。

「そうだ」

雪花が、頷《うなず》く。

……コツ、コツ、コツ……と、黒革のブーツを鳴らして燕峰閣のロビーに入ってきた、ラプンツェル大佐は――

若い。婆《ばあ》さんだろうと思っていたのに、14歳ぐらいに見える。しかし彼女は魔女だから、そこは玉藻《たまも》みたいに見た目の若さを保っているとかかもしれないな。

実際、姿の若々しさに反し、その足つきは儚《はかな》げで弱々しい。オーダーメイドと思われる武装親衛隊《SS》の黒制服にピッタリ包まれた上半身は痩せていて、タイトなミニスカートから伸びる足も少年のように細い。身長も、カツェより少し高い程度だ。

だが、何より異様なのは――髪。

背中に流した髪が、引きずるほどに長い。というか、引きずっている。中世の王侯貴族みたいなマントを床に垂らし、その上に3mはあるウェーブヘアを広々と載せているのだ。

さらにそのモスブラウンの髪は、ナチスの軍帽の脇の側頭部に至るまで、全体が生花と大小の葉で飾られている。

（……『アーネンエルベの花』……）

まるで、歩く花畑だ。さっきあのスノーモービルみたいなケッテンクラートから舞っていたのは、この花飾りの花弁や葉か。

そして、第一声――

「勝利万歳《ジーク・ハイル》」

「万歳《ハイル》！」

ラプンツェル大佐《たいさ》は少女みたいに可憐《かれん》な声と共に右手だけを掲げるナチス式敬礼をし、カツェたちから迎えの返礼を受けている。

軍帽の鍔《つば》の下からロビーを見回す大佐の白い顔には、眼窩《がんか》の周囲に隈《くま》がある。目が落ちくぼむほど、痩せてるんだ。顔面は肉体の中で最後に痩せる部位と言われている。きっと体はガリガリだな。

「大佐《だいさ》、ようこそ日本へ」

海軍式の敬礼をした雪花《せっか》に、そのパンダっぽい目を上げたラプンツェル大佐は――

「再会を嬉《うれ》しく思う」

流暢《りゅうちょう》な日本語で、そう返してきた。嬉しく、という割には無表情に。だがこれは雪花を冷遇してる感じではない。ラプンツェルは、そもそも生気に欠ける女らしい。あちこち、薄気味が悪い女だな。

それはそうと、俺《おれ》はラプンツェル大佐に付き添うメガネの白人美女に向き直る。

「あんたは誰だ。ただのドライバーなら、このロビーから先には来ないほうがいいぞ」

一般人らしき彼女が雪花とラプンツェルの会談に加わると、危険かもしれないので――

俺が英語で警告したら、彼女は顔をピンクに赤らめ、

「え、あ、はい。ごめんなさい、ありがとうございます、日本語で大丈夫です。私はその、ラプンツェル様を支援なさってる団体の、えっと、ラプンツェル様の、代理人でして」

上がり症なのか、まごまごと不明瞭なことを言っている。白人版の旧・中空知《なかそらち》みたいな人だな。ただこの人がカツェたちとラプンツェルを仲介した、例の代理人だって事だけは伝わってきた。

「彼女はサンドリヨン。私は体が丈夫ではないため、付き添ってもらっている。ところで――君こそ誰だ？」

ラプンツェルがそう説明し、不気味な髑髏《トーテンコップ》の帽章ごと俺に振り向いてくる。

「……俺は遠山《とおやま》キンジ。名字を聞いた時点で分かるだろうが、雪花の親族だ」

「ああ。君がウワサの、遠山キンジ――狙った者を手酷《てひど》く痛めつける、『呪いの男《フルヒマン》』か」

ラプンツェルは、俺を――隈のせいで異様に大きく見える据わった目、緑瑪瑙《グリーンアゲート》のような深緑の瞳で、興味深げに覗《のぞ》き込《こ》んできた。そのアダ名、前にイヴィリタにも言われたな。

魔女連隊《レギメント・ヘクセ》の面々にとって、俺は魔物みたいな存在らしい。

「ユーチューブを見たなら分かってるだろうが、雪花は現代の常識に欠けるところがある。言葉とかを補足説明する必要があるかもしれないから、俺も同席させてもらうぞ。魔女が集まってる所に呪いの男がいても、おかしくはないだろ」

「いや、遠山キンジ。君は強く、優れた男性だ。人類の進化には優秀な女と、優秀な男の遺伝子が要る。君がいる事を嫌ったのではなく、私は君に会えたことを喜んでいるのだよ。私は今、少しノドが渇いていてね。そういう時は顔に力を入れる事もあまりできず、他人から表情が読みにくいとよく言われる。すまないね」

というセリフすら無表情に言ったラプンツェルは、代理人のサンドリヨンに介助され、その命を狙っているイヴィリタとカツェに導かれて——コツ、コツ、と、ブーツを鳴らし、フロントを横切っていく。会談場として準備された、2階の宴会場の方へ。背後に足跡を残すように、色とりどりの花弁をヒラヒラ落としながら。

彼女が引きずる花畑のような髪を、改めて見ていると……今さらながら気付かされたが、その花はどれも見た事のない珍しいものだ。桜に似ているものも、薔薇《ばら》に似ているものも、ヒガンバナに似ているものもある。でも妙に大きかったり、色形が違っていたりしている。造花なのかもと思って花弁を拾い上げてみるが、やはり生花だ。奇妙だな。

「——キンジよ。あまり花に触るな。それと、ラプンツェルには不用意に近づきすぎないようにせよ。苗床《なえどこ》にされるぞ」

緊張顔でラプンツェルを見送った雪花《せっか》が不可解な事を囁《ささや》くので、俺《おれ》は「苗床？」と聞き返す。

「それは玲《レ》の花だ。大佐《だいさ》はそれを体に植えて還《かえ》ってきたのだ」

と言う、雪花の言葉に——

俺は、目を丸くする。

「……還ってきた——って事は、つまり……」

驚く俺に、雪花は頷《うなず》き——

「ラプンツェル大佐《たいさ》が本物だとこの目で確認した以上、特秘といえども貴様にも教えねばならないだろう。玲一號《いちごう》作戦は、日独が各々同時進行で行ったものだ。彼女は自分と同じ、玲方面からの帰還兵なのだ」

……ラプンツェル大佐も、エンディミラたちのいた『そこ』へ行った者か……！

つまり彼女は見た目が若いんじゃない。実際に若いんだ。

雪花同様、距離と共に時間を跳躍したせいで。

「雪花……お前たちは、『そこ』で何をやっていたんだ」

「——今から知ることになる」

泡を食って問う俺にそう言い残して、雪花もまたロビーを歩いていく。その雪のように白い紙リボンを追って——俺も、後に続く。

燕峰閣《えんほうかく》の2階——最大30人が入れる大宴会場は雪花、俺、イヴィリタ、ラプンツェル、サンドリヨン、カツェの6人で入ると広々としている。洋間だから土足もOKとの事で、そこは屋内でも靴を脱ぐ習慣の無いドイツ人たち的には都合が良かったみたいだ。

イヴィリタが事前に燕峰閣《えんほうかく》に指示して、会場には正面へ向かって右に2脚、左に4脚、イスが並べられている。テーブルは無い。メモや資料を使わない、秘密会談のスタイルだ。

俺《おれ》たちはそこに日独で右左に分かれて向かい合い、着席していく。ラプンツェルの髪はイスの後ろの床に大きく広げられて、両隣のイヴィリタとサンドリヨンはイスの足で髪を踏まないよう距離を取って座る。ドイツ魔女の会談場ではそうするのがマナーという事で、帽子は元々無いサンドリヨン以外全員かぶったままだ。

俺たちから見て右、ラプンツェルたちから見て左となる宴会場の正面の壁には、雪花《せっか》とラプンツェルがそれぞれ用意したらしい懸垂幕の国旗……日本は白地に赤丸の日の丸だが、ドイツのは赤地に白丸の鉤十字旗《ハーケンクロイツ》が垂らされてある。パンツスーツを着たサンドリヨンをどけて白黒写真を撮ったら、70年前の写真と言っても通るかもな。他は全員、軍服だし。

そこで時刻が、ちょうど正午になり——

「大佐《だいさ》、昼食が欲しければ言ってくれ。用意できるそうだ」

海軍式に大佐をタイサではなくダイサと呼ぶ雪花がそう言うと、

「気遣いをありがとう。だが、不要だ。今は空腹ではない。移動中、窓から日光を浴びる時間が長かったから。それより、あとで水をいただきたい」

男喋《しゃべ》りではあるものの可憐《かれん》な声で、ラプンツェルがそんなセリフを返してくる。日光を浴びると……腹が満たされるんだろうか？　髪飾りのように生えてる葉っぱで光合成でもしてるっていうのか？　いや、実際してるのかもしれないな。

「このイスはちょっと硬いな。あー……ラプンツェル、あんたは体が弱そうだが、もっと楽な要介護者用のベッドとか……注文すれば、運んできてもらえるかもしれないぞ？」

俺が、そんな事をゴニョゴニョ言うのは——

通常ならそこを視覚的にブロックしてくれるテーブルが無いんで、俺のほぼ正面に座るラプンツェル大佐《たいさ》の、細いせいでスキマが広めの太ももの奥——タイトなミニスカートの中が、角度的に見えそうだからだ。というかチラチラ見えてるような気がして、こっちは気が気じゃない。これじゃあ、これから始まる重要な話に集中できんぞ。

なお、魔女連隊《レギメント・ヘクセ》ではそれが正装なのか、イヴィリタとカツェもタイトでミニなスカートだが……その2人の危険なデルタ地帯は俺から見ると斜め下に位置するため、それぞれの太ももが内部をガードしてくれている。

「いいや《ナイン》、このままでいい。日本は礼儀作法を重んじる国だから、出来る限りそのような無作法をしたくはない。日本は世界で最も長い歴史と独自の文明を持つ、神聖な国。私はこの国を心から尊敬している……」

……ダメか。じゃあ頭部の花畑に注目して、下にレースやプリントの花畑を見つけたりしないよう心がけよう。

あとそのお国柄ヨイショ、たぶん魔女連隊がやる挨拶の定型なんだな。こそばゆいぞ。

俺《おれ》個人は日本人でも、日本を褒められたからってそれを誇る気にはあまりならない。国籍は自分が努力して得たものじゃないし、誇るものが無い人間は国籍や血筋を誇る、って爺《じい》ちゃんに教わって育っちゃったしな。あちこちの国に行って、どの国にも良い点と悪い点がある事も分かってきたところだし。

「日独は東京《とうきょう》・ベルリン枢軸で固く結ばれた、永遠の同盟国。優れた人種同士がこうして共にいられる事を言祝《ことほ》いで、挨拶に代えさせてもらう」

と、グリーンのジト目を一つ瞬《まばた》かせたラプンツェルが……

開会を宣言したな。この会談の。いよいよだ。

「まず……雪花《せっか》。君と話す前に、ここの現代人たちに私たちのことを教えておかないか。私は映像ではなく実物の君を見るまで、機密を含むことを話せなかった。しかしこうして会談に同席したからには、もうイヴィリタとカツェ、それとキンジも巻き込んでしまった形になるわけだからな」

「自分もそのつもりだ。先ほど貴官をこの目で確かめた事で、語るその腹を括《くく》ったところである」

雪花がそう応じると、ラプンツェル大佐《たいさ》は俺たちをその隈《くま》のある目でグルリと見回す。

それから、おとぎ話の魔女が数え歌でも歌うかのように……

「――V１《ファオアインス》巡航ミサイル、V２《ツヴァイ》ロケット爆弾、V３《ダライ》ムカデ砲、V４《フィーア》有人飛行爆弾、

「V5《フンフ》大陸間弾道弾、V6《ゼクス》ウラン爆弾……」

ドイツが大戦後期に逆転を狙って作っていた、報復兵器《Vergeltungswaffe》シリーズを列挙し始めたぞ。

それと輪唱するように、

「――怪力線《かいりきせん》、熱光線《ねつこうせん》、大出力マグネトロン照射砲、イ号一型無線爆弾、ケ号誘導爆弾、人工ラジウム原子核破壊兵器……」

雪花も照射兵器や対艦誘導弾といった、日本陸海軍が研究していた兵器の数々を挙げる。

日独のそれらは、どれも戦況を挽回《ばんかい》するほどには量産できなかったり、実験開発途中で終戦を迎えてしまったものばかりだ。ICBMや誘導ミサイルのように戦後実用化された兵器もあれば、電子レンジに応用された怪力線《マイクロ波》、発電のため応用された原子力などもある。

「それらの1つが、V19《ノインツェーン》――レクテイア進化兵団」

「日本では玲《レ》一號《いちごう》作戦、またの名を鉄夭《てつじん》師《し》団計畫《だんけいかく》という」

ラプンツェルと雪花が、それを交互に語りながら明かし――

「レクテイア……とは、童話に出てくる……お伽《とぎ》の国の、レクテイアの事かしら？」

俺たち同様この話を詳しくは知らないらしいイヴィリタが、ラプンツェルに問いかけている。

なんだか気だるそうなラプンツェルは、ハンカチで首を拭いながら頷《うなず》き、

「……そう。私はアーネンエルベの超自然科学研究所から、そこへ行ったのだ。一般には

絵本に描かれる魔法の国として知られる名だから、君たちは私が絵本の中へ行ったと思うかもしれないが——その考え方は、逆。レクテイアは過去にもこの世界から誰かが行き、その存在を伝承に残した地なのだ。童話とは随分違っていたし、ヒムラー長官が混同していた霊界のような場所でも無かったがな」

その子供のような高い声で語ると不気味さが一層増す、オカルト的な説明をする。

「日本にはその伝承こそ無かったが、大本営軍令部はドイツからその情報供与を受け——彼《か》の地を『玲方面《レ》』『玲の国』という秘匿名で呼んだ。そして戦局を好転させんがため、自分を密使として送ったのだ」

続けて、雪花《せっか》が日本側の説明をする。

レクテイア、玲方面とこっちの人間が呼ぶ、エンディミラたちの故郷。地図の外の場所。Nが起こそうとしているサード・エンゲージでことの扉が開かれるそこは、童話の中、絵本の中——

（……っ……）

その話に関連して、俺《おれ》はまたNの槍《やり》使い・ヴァルキュリヤの事を思い出す。

東京拘置所《とうきょう》で通訳をしてくれたオカルトマニアのA子は、『ヴァルキュリヤの言葉は、クトゥルー神話に出てくる言葉に似ている』と語っていた。

それを聞いた俺は『ヴァルキュリヤは小説の中から出てきたのか？』と不可解に思った

ものだが——小説がそこを書いたのではなく、そこが小説に書かれたのなら——唯一その考え方をした時だけ、辻褄《つじつま》が合う。作者たちが神話を創作するため参考にした伝承の中に、ヴァルキュリヤがいた『そこ』、レクテイアの言葉が混ざってたんだ。

ヴァルキュリヤの名はNで個人名として使われていたが、種族名でもある。ドイツ語でワルキューレと呼ばれて北欧神話に登場するヴァルキュリヤは、神話が先にあったのではない。過去、実際にレクテイアからこの世界にやってきた別のヴァルキュリヤの記録が、神話として残ったのだ。

かつてロカとツクモが調べ、この世の生物と異なる進化を遂げた生き物だと語っていた鳥女のハーピーも、メルキュリウス、ヒュドラ、エンディミラたちも、皆レクテイアからNが起こそうとしているサード・エンゲージに先立って来た者たちだ。きっと。

レクテイアからこの世へは、古来より大小の規模の移動があった。差別や迫害を怖《おそ》れて隠されがちなその来訪者との遭遇は、物語として伝承されたり、子孫として遺伝子の形で痕跡を残すのみだ。多くの来訪は偶発的に起きたようだが、雪花とラプンツェルはそれを逆向きに、かつ人為的に起こした。レクテイアへ行くことで。

「……何のために、そこへ……？」

シリアスな表情でカツェが尋《たず》ねたその質問への、答えは——

「重火器で撃たれても火炎放射器で焼かれても立ち上がる、無限回復力。敵兵力の動きを察知する未来予知能力。決して解読される事のない、精神感応による暗号通信」

「何も食べず眠ることもなく中印やソ連を歩いて横断し、太平洋やインド洋を泳いで渡る、無限体力。大脳から電波を発し、遠隔の敵艦や敵機を探知する能力。自分たちが玲《レ》方面で探求すべしと命じられたのは、そういったものであった」

前に不知火《しらぬい》や早川《はやかわ》環境副大臣が示唆していた通り、ナチス・ドイツと大日本帝国は——魔法の国と言われるレクテイアから、軍事転用できる超能力を持ち込もうとしていたんだ。魔女のラプンツェルや、星伽《ほとぎ》の血を引く雪花《せっか》を密使として送り込むことで。

そしてその超能力を国民に広め……おそらく大勢の魔女を育てて、オカルト的な手法で連合国に立ち向かおうとした。それがV19進化兵団。それが、鉄烝師団《てつじんしだん》……！

その発想は、もう一つの日独共同軍事計画——イ・ウー、超烝《ちようじん》師団計画と類似している。イ・ウーはこの世にいる超常の能力者たちに能力を教え合わさせて、玲一號《いちごう》作戦は新たにレクテイアから有力な魔術を持ち込んで、超人兵士を作る計画だったのだ。

だが、ということは——

なぜか今ちょっと萎《しお》れ気味に見えるラプンツェルの頭の花がどうなのかは知らないが、彼女も、雪花も、レクテイアから何らかの力を持ち込んでいる可能性があるぞ。軍事転用でき、戦争の趨勢《すうせい》に係《かか》わるような、言うまでもなく危険な何かを。

「その……向こうでは、遠山《とおやま》中佐とは一緒でしたの？」

もう何から聞けばいいのか分からない、といった苦笑いで——イヴィリタがそんな事をラプンツェルに尋《たず》ねる。

するとラプンツェルはまたハンカチで耳の辺りの汗を拭いつつ、

「……レクティアは、地図が作れないほどに広かった。跳躍先の場所も、離れていたので……私と、雪花は……それぞれ……ん……んぅ……」

喋《しゃべ》りながら……どうも何かをずっとガマンしていたような感じで、イスの上で上半身をフラつかせている。そのせいで座り方もズリズリと前に迫り出《せだ》すように崩れ——コロリと軍帽が落ちて、花冠《はなかんむり》のように頭髪を彩る沢山の花と葉っぱが丸見えになってしまった。

姿勢が変わって丸見えになりそうなのは黒いニーハイ・ストッキングの上部、黒制服のタイトなミニスカートの内側、鮮血のような赤色のお花畑もなので——

「お、おい、体調でも悪いのか」

俺《おれ》は席を立って、視界の角度を変える事でヒス血流を未然に防ごうとする。が、赤色で花柄のレース地だと分かってしまったという事は、もう見ちゃったという事でもあり……痩せっぽち女子というのもそれはそれで案外マニアックなヒスさがあって、血流の巡りが良くなっちゃったぞ。我ながら何考えてんだこんな時に。

「ラプンツェルさん。ああ、こんなに汗を……皆さん、すみません。大佐《たいさ》はその、大層な暑がりでして……この部屋の室温が、高すぎるみたいです。彼女は気温を大体、10度ほど高く感じるのです。できればここを摂氏10度、せめて15度にしていただけますか」

サンドリヨンが、ラプンツェルに駆け寄り――ハンカチで額の汗を拭いてあげながら、そんな事を言う。

奇妙な話だが、魔女だからそういう事もあるのかもしれない。どうりで雪景色が見たいとかの理由を付けて、会談の場所を寒冷地にしたがったわけだ。

俺《おれ》たちは会談を一時中断し、外は雪がそこそこ強く降っているものの――やむを得ず、宴会場の窓を開けた。

そうしてしばらく、サンドリヨンがラプンツェルを軍帽でパタパタ扇《あお》いであげてるのを見守る。

雪花《せっか》はラプンツェルをだいぶ警戒してたようだし、話を聞いた俺も危険と思いはしたが――この貧弱さなら、いたずらに警戒する必要は無さそうだな。

「日独から送り込まれた時、自分は玲《レ》の国のおそらく南方に、ラプンツェルは北方に出た。易々《やすやす》と会える距離では無かったよ。それぞれの地、それぞれの方法で、自分たちは軍令に従って行動していたのだ。噂話《うわさばなし》ぐらいは、聞いたがな」

さっきのイヴィリタの質問に雪花がそう答えているうちに、室温は10度を切るほど寒くなってきて――

「……ぅ……失礼した。軽く、熱に当たった……済まないが、塩と、水をいただけるか。

私は水を飲むと、少し元気になりすぎるところがあるので……時間を決めて飲んでいるのだが……今は逆に、水を失いすぎたようだ……」

ラプンツェルはイスに上体を据え直し、軍帽をかぶり直した。けっこうズリ上がってた黒いタイトスカートにも気が付き、ちょっと頬《ほお》を赤らめながら下げてくれたよ。それからサンドリヨンが燕峰閣《えんほうかく》の従業員に頼んでもらってきた氷入りの塩水を、ゆっくりと飲むと……ラプンツェル本人にも、髪に生えている花にも、グングンと生気が戻っていくように見える。

「ラプンツェル大佐《だいさ》よ。貴官の体も心配なので、このあたりで我々自身の対談に入ろう。自分があのユーチューブの放送で自分の存在をドイツに知らしめ、貴官を喚《よ》び出したのは——我らなりの、戦後会談のためである」

改めて背筋を伸ばした雪花がそう言うと、ラプンツェルは、

「戦後？」

その緑の眼《め》を、なぜか少しイラッとしたように雪花へ向けた。座高が低いため、下から睨《にら》み上げるような感じで。

「ドイツも日本も、連合国との戦争を終えて久しい。我らが今さら帰還した事も、日本で言う『後の祭り』、貴国のことわざで言うなら『牛を盗まれてからの牛小屋修理』である。しかし我らはそれぞれ、玲の国から広めてはならぬものの素材を持ち帰って帰還している。

その扱い方次第では、世界は三度《みたび》荒れよう。互いに軍の機密であるから明かし合おうとは言わないが、それが今の平和な世に悪い影響を及ぼさぬよう……我らの力の使用を禁じる、その協定を作りたいのだ」

真摯にそう語りかける、雪花《せっか》は——やはりレクテイアから持ち込んだものが、この世に今なお大きな問題を起こしかねないと懸念している様子だ。

それは分かる。たとえばもしも早川《はやかわ》環境副大臣が言っていたような、敵国の要人を呪い殺すような術を持ち帰ってきてるとしたら——それが拡散したら——今、際どいところでギリギリ平和を保っている世界のパワーバランスは、一気にメチャクチャになってしまうからな。

だが、軍帽の鍔《つば》の下から雪花を睨《にら》み付《つ》けるラプンツェルは……

「——総統命令は絶対だ」

そう、返してくる。

かつて雪花の言っていた『軍令は絶対である』と、同じ調子で。

そして、

「雪花。君は軍の命令に背き、国を裏切るつもりなのか？」

その可憐《かれん》な声に、初めて感情を……怒りを込めた調子で、そう続けてきた。

「否《いな》。自分もまた、軍令に背くつもりはない。しかし我らの力が元となり、それが戦争に繋《つな》がるような事があれば……国体の護持という、軍が目的とする大原則に背くことにさえなりかねないのだ。そして――」

　対する雪花も、ラプンツェルを鋭く見つめ返す。

「――玲一號《レいちごう》作戦には以下の項がある。『万一皇国ノ敗戦セシ場合《マンイチコウコクハイセンバアイ》、玲方面《レホウメン》ニ係《カカ》ル証拠《ショウコ》ノ全《スベ》テヲ隠滅《インメツ》セヨ』――」

　その命令は、字義通り受け取ればラプンツェルとは関係の無い事に思えるが……雪花の態度が、そうとは言っていない。

　つまり――皆まで言わなかったが、『全テ』とはドイツ側の情報も含めての事なんだ。

　戦後、軍の機密書類は焼却され、玲一號作戦も闇に葬られた。雪花は今、それと同様の後始末をしようとしているのだ。軍令に従い、このラプンツェルと会談して、レクテイア由来の力を隠す協定を作ることで。

　しかしラプンツェルはそれに首肯《しゅこう》せず、落ちくぼんだ緑の眼《め》をカッと剥《む》き――

「総統命令第24号に中断の項は無い。採るべき選択肢は唯一、永続的な継戦。戦争とは、継続しなければならないものなのだ」

　声に熱いものを交えつつ、演説を始めるように拳を振るって語る。

　それを聞いたイヴィリタとカツェが、困ったような目配せをしてる。ラプンツェルとは考え方が合わないと言っていたが、それはどうやらこの辺の思想が相容《あいい》れない点のようだ。

一方、雪花《せっか》は――

今のラプンツェルの発言に対して、何も言わない。両手を両膝の上に置き、目を閉じて、何か考えている。まるで今のラプンツェルの考え方を知っていて看過するような態度にも見える。ここは代わりに俺《おれ》が、日本側として反戦を唱えるしかなさそうだぞ。

「継戦って……なに言ってんだ。お前は仲間に歴史の本を読ませてもらってないのか？今の世の中は平和なんだ。平和が一番いいに決まってるだろ」

雪花も帰還してすぐの頃は帝国軍人丸出しだったが、きっとラプンツェルもまだナチス時代のドイツ軍そのまんまの感覚でいるんだろう。カツェたちの話から推察するに、まだレクテイアから帰還してそんなに月日が経《た》ってないみたいだし。

それでも百聞《ひゃくぶん》は一見《いっけん》に如《し》かずで、現代の世の中をよく見ればもう戦争自体が過去の遺物だという事ぐらいすぐ分かりそうなものだ。だが魔女連隊《レギメント・ヘクセ》の連中が忖度《そんたく》したのか知らんが、ラプンツェルはまだそれを学んでないらしい。

だから、せっかくの会談の場なんだし、それを懇々と教えてやれば――

――という俺の考えを先回りして拒むように、ラプンツェルが隈《くま》のある目でギョロリとこっちを見てくる。

「遠山《とおやま》キンジ。君は大本《おおもと》で考え違いをしている。戦争が悪、平和が善という思考は真逆。戦争は善、平和が悪だ。戦争とは人類の進化のために行われる、自然の営みなのだ」

「進化のために……？」

どういう意味だ。

戦うという行為は、敵を倒すためのものだ。土地や資源、経済圏を奪い合い、国は国と争う。それが常識だと思っていた俺は、ラプンツェルの語る『進化』という目的の真意が分からない。

しかしイヴィリタとカツェは──その件については聞いた事があるような、困った顔をしている。なぜか心ここにない冥想モードに入ってしまったような雪花と、ハラハラ顔でラプンツェルを見てるだけのサンドリヨンはどうか分からないが。

「──進化は自然の理《ことわり》。人もまた自然の一部である以上、進化しなければならないのだ。その進化には、闘争が不可欠。自然を見よ。そこではより鋭い牙を持つ獅子《しし》が、より強い脚を持つ馬が生き残り、自然淘汰《とうた》によって進化を続けている。生存競争によって強い種が繁栄し、そうでないものは死滅する。それは生命に課せられた、絶対のルールなのだ」

ラプンツェルが、高く愛らしい、しかし奇妙な力強さのある声で語るそれは──

「人類もまた、常に戦い続けていなければならない。戦争こそが人類に進化をもたらす。鉄器からロケットに至るまで、進歩は戦争によって起きた。戦争こそ人類を進化させる、正しい状態であり──平和は人類を衰退させる、誤った状態なのだッ」

これは──70年前のドイツの、ナチズムに基づいた世界観──

「この時代に帰還して、私は憤慨したぞ。世界のほぼ全領域が忌むべき平和の中にあり、人間は肉体も精神も弱体化している。人類には、淘汰《とうた》と選別が必要だ。種の進化と永続のため、永遠の戦争が必要なのだ。このハーケンクロイツはその旗印よ。だから始めるぞ、続けるぞ、貴く、愛すべき戦争を！　私はそのために、この世へ還《かえ》ってきたのだ――！」

見た目は、お花で飾った女の子だが……

ラプンツェルは、大戦時代のナチス党員を冷凍して今解凍したような女だ。実際それに近いんだが。その思想は、ヒトラーの著書や演説にあったものと酷似している。

きっと、かつて……魔女とはいえ貧しい花屋に過ぎなかったラプンツェルは、全盛期のヒトラーとヒムラーに拾われ、お抱え薬剤師として夢のような好待遇を受けたんだろう。その時にナチズムを信奉するようになって、その洗脳が今なお解けてないんだ。

（どうりで……ラプンツェルが、イヴィリタやカツェに命を狙われるワケだぜ……）

そのラプンツェルの存在は、今の魔女連隊《レギメント・ヘクセ》にとっても都合が悪いだろう。

現代の魔女連隊は戦う事しか能の無い魔女たちがその日暮らしをしている、スジの悪い傭兵団《ようへいだん》みたいな組織だ。発足時にはラプンツェルが唱えるようなイデオロギーを遵奉《じゅんぽう》していたのかもしれないが、今や彼女たちとそれは無縁。ナチスの旗印も『怖《おそ》れられることが名誉』という悪党の魔女を集める商標《ロゴ》として利用されているに過ぎない。

そこにこんな主張をする大物ＯＧが戻ってきたら、対立は必至。ヘンに同調するヤツが出てラプンツェルが女版のヒトラーみたいになる事態も起きかねないから、その前に排除しようという動きが起きるのも当然だ。それで、イヴィリタはラプンツェルを叩《たた》きにきた。

――でも、暗殺なんかする必要はない。させはしない。ラプンツェルだって人間だ。

雪花《せっか》がそうだったように、教えてやれば分かるはずだ。多分。

「ラプンツェル。弱い人間が生きてて何が悪い。強い人間だけ生き残ればいいなんてのは、進化どころか動物レベルまで退化した考え方だぞ。戦後の人類が大戦争抜きで十分すぎるほど進歩したのがその反証だ。お前はどうもそれが分かってないみたいだから、ゆっくり社会見学でもして勉強してこい。それに戦争を始めるとか言ったところで、お前1人じゃ始まらんだろ。イヴィリタたちと仲良くテロでも計画して、俺《おれ》に準備罪で逮捕されるか？第一、どことどこが戦争するってんだ」

ヤレヤレ、という態度で俺が言うと――

ラプンツェルは深緑のギョロ目で俺を見据えたまま、しばらく黙る。

そして、それから……

「この世と、・・・・・・・・・レクテイアの戦争だ」

……そんな事を、言い出したぞ。

そんな話が有り得るのかと思って雪花の方を向くが、雪花は軍帽の鍔《つば》の下で眠るように眼《め》を閉じたままだ。どうしたんだよ。何か言ってくれ、雪花。

「――その戦争は、かつて人類が体験した事のない形のものとなるであろう。来たるべき、レクテイアからここへの民族大移動――君たちは何と呼んでいたか……」

「サ、サード・エンゲージです」

ラプンツェルの問いに、サンドリヨンがそう応じている。そのワードを知ってるという事は、この金髪メガネさんも超能力界隈の人間か。魔女の仲間だから不思議はないけどな。

「サード・エンゲージ――それは次なる世界戦争の機会となろう。レクテイアとは安逸なおとぎ話の世界ではない。そこにも領土を拡張しようと目論《もくろ》む、戦いたがりの女神たちがいるのだ。元々は連合国と戦うためにであったが、私は今この忌まわしい平和を打破するため、同盟を締結したレクテイアの女神たちをこの世に喚《よ》び出す。最新の戦車や戦闘機、核爆弾さえ通じぬ存在と生存を懸けて戦うその時こそ、人類は飛躍的な進化を遂げるのだ。ウフフフ……」

レクテイアの、女神たち。

それは世間一般でいう概念上の神とは違い、ネモやエンディミラが存在を示唆していた向こうの女王のような存在だろう。こっちの世界でも神と呼ばれていた緋緋神《ヒヒガミ》のように、おそらく実体や人格を持つ、強力な、超常の存在だ。

話から察するに、ラプンツェルはレクテイアで複数の女神とネゴを済ませている。

元々はそいつらにこの世へ領土を取りにくるよう嗾《けしか》けて、アメリカやソ連を侵略させるつもりだったんだろう。しかし今はその同盟を流用して、人類を進化させるための戦争を起こそうとしてるんだ。

すぐにできてはいないし、サード・エンゲージを待つようにも聞こえたが、『この世に喚び出す』と明言したからには――ラスプーチナが透明な竜を喚んだように、その召喚を自力で実行できる可能性も排除できない。

これは……一笑に付す事ができなくなってきたぞ。

当時のとはいえアメリカやソ連と正面切って戦える戦闘力を持ち、核兵器でも倒せない、レクテイアの超能力者たちの中でも神の座にいるような者。それが複数で攻めてきたら、人類が勝てる保証は無い。そもそもそういった存在は、武力で押さえつけられるものではない可能性が高いんだ。かつて戦った緋緋神もまた『戦いたがりの女神』だったが、俺《おれ》とアリアもあれを銃で倒したワケじゃない。決着は心理的、超能力的なものでだった。

「私は今日、その戦争に雪花《せっか》を誘いにきた。雪花。来たるべきレクテイア戦争に向けて、共に立とうではないか。いや、立て。同盟国の将校として、君には私と共に戦い、死に、栄えある未来の礎となる義務があるのだッ」

考え込んでいる雪花に熱く語る――いつしか、髪の花と一緒に活《い》き活《い》きとしている――ラプンツェルは、ある意味、『扉』派と言えるな。

やろうとしている事はイカレてるが、サード・エンゲージでレクテイアとこの世の間にある扉を開放しようという『パンスペルミアの扉』と、ベクトルの向きは同じだ。Nと、それと過去『扉』に分類されるであろう動きを重ねてしまっている俺《おれ》と同じ派閥だが……ラプンツェルの思い描くエンゲージは、超常の女の大移動を促して人類と混ぜてしまおうというNのエンゲージよりも遥《はる》かに過激なものだ。止めないと。

共闘を呼びかけられた雪花《せっか》は——それでも、まだ冥想モードだ。

というか……

雪花が何をしているのか、俺には分かってきてしまった。雪花にもそれができるという事は驚きだが——そうせざるを得ない、という判断を早い段階でしたんだな。会談前から態度や行動に出ていたが、雪花はラプンツェルの話の通じる人間である可能性を低く見積もっていたんだ。レクテイアに行く前にナチス大佐《たいさ》が話の通じる人間である可能性を低く見積もっていたんだ。

彼女の何らかの振る舞いを耳にしてか、レクテイアに行く前にナチス信者の彼女を見てか、レクテイアでの

雪花は、やはり不可能だと判断したんだ。ラプンツェルを説き伏せ、レクテイアで得た力を封印させるのは。

でも、それでも。言わないと。言うべきことは。

それが伝わる望みが薄いにせよ、いや、もし無いにせよ……！

「ラプンツェル。今でも世界には問題があれこれあるから確かに進化は必要だが、人類はレクテイアと戦争なんかしなくても進化できるハズだ。命懸けじゃないからゆっくりかも

しれないが、平和の中にも進化はあるんだ。何より、平和を手にした事そのものが進化だ。それを後退させるようなマネをするな。それと俺は——ヴァルキュリヤ、メルキュリウス、アスキュレピョス、エンディミラ——何人ものレクテイア人と会った。戦う事もあったが、話す事もできた。だから分かるが、きっとサード・エンゲージは平和的に行える。お前の溜飲《りゅういん》が下がるような飛躍的な進歩も、そこで叶《かな》うハズだ。そのチャンスをフイにするな」

レクテイアとの扉を開くこと自体は厭《いと》わない俺の発言には、イヴィリタとカツェが少し驚いた顔をしている。他の魔女たちと同じで、魔女連隊《レギメント・ヘクセ》は『砦《とりで》』寄りのスタンスなのかもしれないな。

今や瑞々《みずみず》しく咲いている髪の花々と同調するように、血色が良くなったラプンツェルは——

「ほう、君はレクテイアとの接触者か。それなら、我が世界戦争に加われ。日本の一部はその第一の舞台、女神の領土となるのだからな」

俺の話に聞く耳を持たないどころか、俺を兵隊に勧誘してくる。ていうか、今の話——

「どういう事だ。なんで日本が……」

ラプンツェルはレクテイアの女神に、日本を襲わせるつもりらしいぞ。

「この世にはレクテイアの女神たちの能力を阻害しかねない、イロカネなる超常の存在がある。そこのカツェ＝グラッセとそれに纏《まつ》わる戦いをした記録が魔女連隊にあったから、君も知らぬ話ではなかろう。イロカネは強力な超能力阻害物質を地球規模で広げることができるが、その濃度が日本では低いのだ。全世界で人類がレクテイアと戦うには地上から全てのイロカネを抹殺し、イロカネと力を共有している者も絶滅させる必要があるが――まずは日本のある地域に、その橋頭堡《きょうとうほ》を作る。そこの環境はレクテイアの女神たちが活動しやすいよう、これより私が前もって造り替える。それがこの戦争の第一歩となるのだ」

ラプンツェルの話に、俺《おれ》は血の気が引きそうになる。

俺とアリアが緋緋色金《ヒヒイロカネ》を宇宙空間に還《かえ》したから、いま確かに日本は超常の力を阻害する色金《イロカネ》粒子の空白地帯になっている。そのせいで世界各地から魔女たちが日本へ引っ越してきてるような話を、ラスプーチナもしていた。

ラプンツェルはそこに目を付けて、日本にレクテイアの女神を喚《よ》び出すつもりなんだ。

さらに色金と、その力を共有する者――アリアたちを殺すとも言っている。色金粒子を地上から取り除き、人類と戦うレクテイアの女神たちに力を存分に発揮させるために。

（……アリアが、危ない……！）

残念ながら――

説得ができなかっただけでなく、ラプンツェルとは対立する理由が出来てしまったな。

ハッキリと。アリアを持ち出されたら、俺も話が通じない男になるぞ。ラプンツェル。

それと、ここまでの話し合いでもう一つハッキリした事がある。俺の中でフラフラしていたかもしれない、『扉』『砦《とりで》』に於《お》ける自分の立ち位置だ。

　ネモとの事があって以来、俺は『扉』派の考え方をするようになった。だがその扉にも、複数の立場がある事が今ようやく分かってきた。

　まずレクテイアの女を無差別に恐れ、この世に入れるまいとする『砦』は間違っている。この世とレクテイアとを隔てる『扉』は、開けてもいい。来たい女は来てもいい。しかしその扉をくぐるのは、あくまで本人の意志に基づく移動であるべきだ。

　Nの——こっちの超能力者の都合のために大移動を促そうという考えは、間違っている。ラプンツェルの——進化のための衝突を意図的に起こそうとする考えも、大間違いだ。

　レクテイア人は道具じゃない。人なんだ。

　エンディミラのように耳が尖っていようと、ヴァルキュリヤのように頭に羽があろうと、メルキュリウスのように不定形だろうと、人だ。俺は人として認める。

「イヴィリタ、カツエ、魔女連隊《レギメント・ヘクセ》の総員に伝えよ。総統命令は絶対だ。レクテイア戦争のため、いま再びあの鉤十字旗《ハーケンクロイツ》に血の忠誠を誓え。雪花《せっか》よ、私が今から造る橋頭堡の場所は君が帝国軍人ならば必ず協力しなければならない地だ。キンジ、今の日本人にとっても、それは同じだ」

　ラプンツェル大佐《たいさ》がイヴィリタとカツェに、それから雪花と俺に手を差し伸べて言う。

　その時、ゆっくりと……

……雪花《せっか》が、その黒曜石のような目を開けた。

身内だから、俺《おれ》には分かる。雪花は今、ヒステリアモードになれている。

さっき勘付いた通り、自律的にβエンドルフィンを分泌する白昼夢のヒステリアモード
——ヒステリア・レヴェリか、それに類する技を使ったんだ。レヴェリは俺の固有技かと思っていたが、雪花も自己流で編み出していたんだな。

「ラプンツェル大佐《だいさ》よ……自分は、現代《いま》の町を見た。おせっかいな者たちに連れられてな。そこではもう、あの戦争は痕跡すら残っていなかった。初めはそれに腹を立てもしたが、今は、それで良いと思っているよ」

話し出すその艶《あで》やかな目付きから感じられたが、どうやら雪花は渋谷《しぶや》や原宿《はらじゅく》の思い出を使ってレヴェリになった様子だ。どの辺の記憶を使ってなのかまでは、分からないが。

「戦争は終わったのだ。とうの昔にな。自分と貴官は死に場所を失った生き残りにすぎぬ。死ねなかったからには、生き、今の世と共に歩む道を探そうではないか」

これは多分、最後の呼びかけだ。

ヒステリアモードになったからには、雪花は言葉とは裏腹にラプンツェルと戦う覚悟をしていると見ていい。

これをラプンツェルが断れば、『証拠ヲ隠滅セヨ』の軍令を協定締結以外の方法で完遂して……終わらせるつもりなんだ。今度こそ、あの戦争を。

対する、ラプンツェルは――

「戦争は終わってない。終わらせるものか。絶えているなら、始めればいいだけだ」

同時代を生きた雪花の言葉によっても、ナチス・ドイツに掛けられた洗脳が解ける事はなかった。あの時代から救い出すことが、できない。

――するとそこで、

「大佐《たいさ》、その計画は中断なさい。今の魔女連隊《レギメント・ヘクセ》は魔力の弱い、あるいは全く無い敵を圧倒できるからこそ、各国から高給で雇われているのですわ。そこに自分たちより強い魔力を持つ者を招き入れたら、立場が危うくなりましてよ」

「ヘタしたらヨソ者に連隊が乗っ取られて、あたしらみんな子分にされちゃうぞ？」

イヴィリタとカツェもまた、ラプンツェルを止めようとしている。

その考え方はやはり『砦《とりで》』寄りだ。今の立場を壊されたくないから、レクテイア人には来てほしくないらしい。

「臆病なイヴィリタ・イステル、カツェ＝グラッセ。総統閣下の教えを忘れたのならば、反逆罪に問うぞ。魔女連隊とは軍の一部であり、軍とは弱者を淘汰《とうた》するために存在するのだッ」

ラプンツェルは、上官という事になっているイヴィリタに対してさえ頑《かたく》なだ。というか、この場ではサンドリヨン以外味方がいなくなったのに気勢を失ってない。最初は弱々しく感じられたのに、今はこっちが尻込みしそうなほどの強大な存在感を放っている。

この感覚は……コイツも、普段抑えている力を『上げる』タイプか。恐らく、遠山《とおやま》家のヒステリアモード、原田静刃《はらだせいじ》の潜在能力解放《オープンアクト》、伊藤《いとう》マキリ・可鵡韋《かむい》姉弟《きょうだい》の多重脳アクセスと類似した能力者だ。ラプンツェルも雪花《せっか》と同じように会談が物別れになるムードを察し、周囲に気付かれない内に戦う準備をしていたんだ。

「――ラプンツェル大佐《だいさ》。軍とは、国を護《まも》るものだ。それは昔も今も変わらぬ自分の信条であり、当時の貴国と我が国の考え方の違いでもあった」

と言う雪花の意識が、軍刀に向いたのが分かる。

「……名誉優性民族として取り立ててやれば、つけ上がりやがって……やはりお前たちは劣等民族、いや、サルだ。淘汰《とうた》してやる」

ラプンツェルも黒い隈《くま》のある緑の目を剥《む》き、本性を現したかのように喋《しゃべ》り方を変えた。

――始まるぞ。どう来る。

俺《おれ》もまた、さっきのラプンツェルのせいというかおかげというかでヒステリアモードの血流を少なからず得ている。万全ではないものの、割って入る事ぐらいはできるぞ。

雪花がラプンツェルに、ラプンツェルが雪花に、俺が2人に、それぞれ全神経を向けた間隙を突いて――チャキッ――

「反逆罪に問われるべきはそちらの方《ほう》よ、ラプンツェル大佐《たいさ》。手をお挙げなさい。貴女《あなた》を除名の上、身柄を拘束させてもらいますわ。あとは党裁判で頑張ることね」

イヴィリタが、ホルスターから抜いた拳銃をラプンツェルに向けた。ワルサーP38――当時のドイツ国防軍の制式拳銃を向けた事には、単に銃を向けた以上の意味がある。もう、仲間として扱わないという事だ。魔女に突きつけた以上、籠《こ》められた弾も通常のものではないだろう。

カツェも胸ポケットから細い水筒を出して、水を口に含んだ。厄水《やくすい》の魔女の異名を取るカツェにとって、それは戦いの準備だ。

「フンッ。元からそのつもりで来ていたのだな？　お前たちの事も試したつもりだったが、やはり堕落したか。よかろう、淘汰してやる。だが、ここではない。魔女はレクテイア戦争の戦場に来て、生命進化の礎となれ。勝利万歳《ジーク・ハイル》！」

ラプンツェルがナチス式敬礼で皆の注目を集め、

「す、すみませんっ！　ここでその合図が出たら、こうしろって言われてたんで！」

この場の誰もが注目していなかった――メガネ美人のサンドリヨンが半ベソ顔で叫び、ぴんっ。いつの間にかハンドバッグから出していたカーキ色の缶から、ピンを抜いた。

（……発煙手榴弾《スモークグレネード》……！）

サンドリヨンがボウリングっぽく宴会場の中央へ転がしてきた缶型爆弾を……俺は拾い上げて窓から捨てようと思ったが、間に合わない。ボンッ！　という音と共に煙が室内に広がり、パァンッ！　イヴィリタが発砲した音も上がる。

(クソッ、想定外の形で始まっちまった……！)

俺《おれ》はベレッタを抜き、白煙を掻《か》き分《わ》けてラプンツェルの席へ駆け寄る。するとそこで、同じくその席に飛びかかったらしいイヴィリタと頭をゴチンとぶつけ合ってしまった。

——イスの上には誰もいない。隣のサンドリヨンもいない。逃げられた。

「げほげほッ……！　へ、ヘンなとこに入ったァ……！」

水鉄砲《ウォーターガン》を撃とうとして口に含んだ水を煙幕に驚いて逆流させてしまったのか、カツェは咽《む》せている。

炸裂《さくれつ》音や発砲音が続いたせいで確証は無いが、宴会場のドアが開閉する音はしなかった。煙もそっちへは流れていない。となると、室温を下げるために開け放っていた窓か——！

白煙のせいで今度はカツェの足を踏んでしまったり、自分の座っていたイスに躓《つまず》いたりしながら——なんとか、室内から白煙を濛々《もうもう》と吐き出す窓枠に辿《たど》り着《つ》く。

煙に加えて、ほぼ吹雪になっている天候のせいで外はよく見えない。だが、聞こえたぞ。甲高いエンジン音が。ケッテンクラート・アイスベルだ。煙と雪の先、燕峰閣《えんほうかく》の車寄せでそれが動き出した影もなんとか見えた。

「外だ！」

叫んだ俺の真横から、フワッと桃のような香りを残して——

「吶喊《とっかん》――ッ！」

戦争映画などでは『突撃！』と叫ばれるその言葉と共に、バッと雪花《せっか》が外へ飛び降りた。

「ラプンツェルぅう！」

次に窓枠に飛びついてきたイヴィリタが、パンパンパンッ！　俺の耳の横から遠慮なくワルサーP38を発砲するが、距離と煙と射撃のヘタクソさのせいで当たらない。

耳がキンキンする俺は、口元を袖で拭いながらのカツェとほぼ同時に窓から飛び降りる。

とにかくラプンツェルを追わないと。だが、どう追えばいい。

ケッテンクラートは、燕峰閣と直結しているスキー場のゲレンデを下り始めたところだ。後部座席に横乗りで座ってるらしいラプンツェルの長い髪から、白銀の世界にカラフルな花びらを舞わせつつ。

（こっちも、車か何か――）

いや、ただの車では雪原で立ち往生してしまうだろう。かといって走って追ったのではとても追いつけない。

燕峰閣のエントランス付近までは走れたが、そこから呆然《ぼうぜん》とゲレンデを見下ろしていた俺に――

「遠山《とおやま》！　これを使え！　雪花も！」

がしゃがしゃとカツェが担いできたのは……スノーボードと、スキー板。会談前に自分たちが遊んでいたやつだ。カツェ自身はもう短いファンスキーを履き、軽く滑って《スケーティングして》それを運んできている。

「……ッ……」

まさかの展開に、俺《おれ》は苦虫を噛《か》み潰し……てる場合でもない。

ラプンツェルは雪花《せっか》やイヴィリタの協力を得られなかった場合にも備えていたらしく、降る雪の向こうに見えた駐機中のFa269改に滑り台みたいな後部ハッチを開けさせている。その双発のローター翼も回転しているのが分かる。ケッテンクラートを格納したらすぐに飛び立たせるつもりなんだ。

それぞれの足に合うスキー靴を用意する時間も無いので、俺はベルトのワイヤーを出し、急いでマニアゴナイフで切り、40㎝、50㎝のワイヤーを4本ずつ作る。その半分を雪花に渡し、俺はスノーボードの、雪花はスキー板の金具に、つま先と踵《かかと》を縛り付ける。ヒモで靴《バインディング》を固定するのは戦前・戦中までの方法だ。スノーボードでやるのは俺が世界初かもな。

ロビーから出てきたブロッケンとエドガーを『ステイ』の手つきで制止したカツェは、

「フォッケ・アハゲリス改まで逃げられたら負けだ、急げ！」

そう叫んでストックを突き、ゲレンデへと滑り出ていく。

「——追うぞ！　続け、キンジ！」

ストックも無しで、抜いた軍刀を脇構えにした雪花が斜面を滑り出す。

俺《おれ》も武偵高《ぶていこう》1年の頃に冬季山岳訓練で蘭豹《らんぴょう》にシゴかれて覚えたスノーボードの乗り方を思い出しつつ、ゲレンデにエントリーする。

サンドリヨンが操縦するケッテンクラートは雪を左右へV字に跳ねさせつつ、ラッセル車のように走っていく。目測、時速80㎞といったところだ。

カツェと雪花《せっか》はスキー板を平行《パラレル》にして、飛ぶような直滑降でケッテンクラートを追う。2人ともスキーは得意らしく、すぐ時速90㎞を超えた。

それに俺が続く。アイスバーンを避《よ》け、背中側へバックサイドターン、腹側へフロントサイドターン。よし、体がボード《デッキ》上の感覚を思い出してきたぞ。

俺は前方から吹き付ける細かい雪に目を細めながら、威嚇射撃のためにとホルスターへ手を伸ばすものの……ここは雪山。季節的にそこまで心配は要らないとは思うが、無闇に発砲音を立てると雪崩が起きるリスクがある。もっと接近してから——

と思った矢先、ダダダッ！　ダダダッ！　という発砲音がＦａ２６９改から響いてきた。

ヒステリアモードの視覚・聴覚でも判別が困難だったが——ドアガンとして撃ってきてるそれは、ラインメタル／マウザー・ヴェルケ、ＭＧ34機関銃。大戦中にドイツが開発した、史上初の汎用機関銃《GPMG》だ。それを射撃・ベルトリンク給弾で手分けして、コペンハーゲンでラプンツェルの下に付いたと思《おぼ》しき魔女連隊《レギメント・ヘクセ》の女子2人が撃ってきている。

とはいえ距離があるのと吹雪で視界が悪いのとで、それこそ威嚇射撃にしかなってない。

ボボボッ！　ボボボッ！　と、先を行く雪花とカッェの周囲に着弾して、逆円錐形をした雪が飛沫《しぶき》のように舞うばかりだ。

そうそう当たる気配はないが、弾着が近くなると——2人は、ザザッ！　ザザザァッ！

エッジを立て、ターンしながら滑走をしなければならなくなる。右へ、左へ。

スキーの2人にボードの俺《かわ》が追いつき、3人はシュプールを交叉《こうさ》させながら入り乱れて回避運動を繰り返す。弾を躱しながらの滑走コースは複雑に絡み合い、俺とカッェが衝突しかける。が、カッェがストックを握ったままグーにしてバッと突き出した右手に、俺が勢い良く突き出した左手を合わせ——阿吽《あうん》の呼吸で押し合って、併走する形を取れた。

「遠山《とおやま》、お前と雪山で組むのは2度目だなァ。まあ対ソ戦の訓練だと思えよ」

「ソ連はもう無い」

軽口を叩《たた》きながら、前方に迫ってきた大きめのコブを避けさせるためにカッェを押す。

俺はそのままコブにアプローチして、膝屈伸《オーリー》からのジャンプだ。

——バシュッ、と、ここも膝を柔らかく使って雪原に着地《ランディング》し、カッコ良くキメたんだが

……お互い白い軍服姿で見えづらかった事もあり、今度は雪花と交錯しそうになる。

長い黒髪を靡《なび》かせて滑走する雪花は軍刀を左手に持ち替え、白手袋の右手を突き出した。

カッェの時と同じように強く左手を突き出し、押し合おうとする俺——の、至近距離に、ボシュボシュボシュンッ！　こっちが近づいた事で精度が高くなったFa269改からの

機関銃射撃が着弾する。

「うおっ……!?」

それで俺《おれ》の体がズレてしまい……

鷲《わし》の爪のように大きく開いた俺の左手が、神に誓って、わざとじゃないんだが――

――もにゅんっ……!

「――っ――!」

「~~~~~~っ!」

雪花《せっか》の右胸を、鷲掴《わしづか》みにしてしまった。柔肉《やわにく》が指の間からムンニュリとハミ出てしまうぐらい、モーレツに。なんで今このタイミングでこんなハプニングが起きるかな!

すぐに手を離さなきゃと思うものの、弾に追われる俺はむしろグイグイ胸を押すように雪花の方へ全身を寄せていかなきゃならない。時速90㎞前後で滑走しながら。その動きで雪花の胸をグッグッグッと正直もう揉《も》んでるような状態になってるんだが、そのたび熱い肉鞠《まり》は簡単に、かつイヤラシく形を変えてくれてしまう。や、やわ、柔ら、柔らかッ、と、そのたび俺は同じ事を思い、雪花は「わ」「あ」「わあ」と口をワナワナさせて――雪原を背景に、顔全体を日の丸みたいな赤色へ染めていく。

「なな、なぜ今なのだ!」

「俺もそう思ってる! ごめんっ!」

「じ、自分は身内だと、あっ、あんっ、さ、再三再四、言っておるだろう！　犬猫め！」

——ピシュンッ！　雪花が軍刀を振ってきたよ！　イナバウアーみたいな体勢になってギリギリ躱《かわ》せたけど、今の、首の詰襟《ツメエリ》の上を狙って斬ってきてませんでしたか!?

　弾だの刃《やいば》だのを躱すため、俺は逆エッジにならないよう注意を払いつつ180度ターン《スイッチスタンス》。さらにノーズに乗り込み、後ろ肩を背中側に開いてコンパス。周囲にドカドカ機関銃弾が着弾し、縦横ナナメにピュンピュン刀が舞っているのはいただけないが——Xスポーツの猛者・アリアみたいな技《トリック》が可能になったのは、今の雪花との濃厚接触のおかげだね。雪花、可愛《かわい》がってもらえるなら、君の犬猫になっても結構だよ。ワンワン、ニャアニャア。ラプンツェルで点火して、雪花に仕上げてもらったヒステリアモードは——強固。レディーファーストの原則には悖《もと》るけど、ここからは加速させてもらおう。と、俺は一本のシャープなトラックを雪面に残して急加速していく。時速は100㎞を優に超えた。一気に——近づいていく。車体が撥《は》ね上げる雪を被《かぶ》らないよう、真後ろから。ケッテンクラート・アイスベルへ。

　ラプンツェルの髪から舞う鱗粉《りんぷん》のような花びらが、俺の体の左右を曳光弾《えいこうだん》のように飛び去っていく。ケッテンクラートとの距離が、30ｍ、20ｍと詰まっていく。その後部座席に横乗りしているラプンツェルが俺に向けた、ニヤァ……という不気味な微笑《ほほえ》みも、もはやハッキリ見える。

「ほう、お前が最初に追いついてくるとは意外だな。よくぞ追ってきた、呪いの男《フルヒマン》」

「本能がそうさせた」

「本能？」

「男は女に逃げられると追いたくなる。いい女なら、なおさら」

ラプンツェルにそんな事を言ってまごつかせ、悠々と——ベレッタを抜く。

ケッテンクラートが蹴立てる雪の、大きなV。スノーボードが放つ雪の、小さなV。

どちらが勝利《Victory》を掴《つか》むか、さあ、勝負だ。

吹雪は強まっており、視界は悪い。だがよく見えるよ、ラプンツェル。異性装のようで倒錯的なセクシーさのある黒制服。モスブラウンの長い、長い、長い髪。その髪を七色に彩る、異郷の花々。

「ラプンツェル、君の全てが見える。今からそこへ行くから、観念するといい」

俺《おれ》は既にコンバットロードしていた繊維弾《アンカー》を——ガウンッ！　と、ケッテンクラートの後端に撃つ。Ｆａ２６９改まで行かせないためとはいえ、ラプンツェルやサンドリヨンを撃ち落とす選択肢はナシだ。あのスピードで車体から投げ出されたら命に係《かか》わるだろうし、何より今の俺は女性を傷つけたくはない。乗り移って、停止させるぞ。

繊維弾は空中で前後に分裂し、前進弾子がラプンツェルの髪の下を潜《くぐ》り抜《ぬ》け、ガチンッ、と、ケッテンクラートの後部に食らいついた。青く光る滞空弾子をパシッと掴んだ俺は、そこから伸びる、強く、見えないほどに細い繊維をベルトのワイヤー・リールに結ぶ。

ケッテンクラートと自分を接続した俺は、水上スキーみたいな状態で――リールを回し、少しずつ距離を詰めていく。俺の重さを引くせいで、ケッテンクラートは若干《じゃっかん》減速した。おかげで後ろからカツェや雪花《せっか》も近づいてきたぞ。ケッテンクラートが盛大に撥《は》ねる雪に隠れるようにしつつ、カツェは右後方から、雪花は左後方から。俺たちがラプンツェルに近づいた事で、Ｆａ２６９改側からの射撃も消極的になってきた。ありがたい。

「……私は女しかいないレクテイアでの生活が長かったからな。男、か――フフッ、悪くないものだな。よォし。お前には特別に、私の髪を掴ませてやろう。これは特別な事だぞ。お前が私の中に来るという意味の、愛の儀式なのだ。さあ、手を出せ」

――髪？

俺はもう、手を伸ばせばラプンツェルの髪に届く距離まで迫っているが……

「魔術的な話のように聞こえるけど、よく分からないな。丁重にお断りする。女性の髪を掴む？　そんな事をする男は最低だ」

ケンカする時によくアリアのツインテールを引っ張ってた気もするが、それはあっちの俺の話。こっちの俺はそんな事、一生に一度もしたくないよ。

「じゃあ、こっちから掴んでやる……お前は、きっと、とぉーっても美味《うま》い……！」

嗤《わら》うラプンツェルの、大きく広がった長い髪――

その下から、わさぁ……と、今まで隠されていた……

緑色の葉を生やした、太いツタのようなものがこっちへ伸びてきている。それはヘビのようにうねりながら、1本、2本……次から次へと、5本出てきた。

(……何だ……!?)

俺《おれ》に迫るその先端には、まさに大蛇が口を開けているような器官がある。キバもあって、まるで巨大なハエトリグサだ。明らかに植物だが、こんなものは見た事も聞いた事もない。

(コイツは……ラプンツェルが持ち込んだ、レクティアの植物か……!)

ガチンッ！　ガチガチンッ！　という金属のような音を上げ、そいつらは虚空をやたらめったら噛《か》み始めた。ケッテンクラートが大きく揺れた時には、ガチガチガチッ！　と、一斉に噛んでいる。あの口は、刺激や震動を与えると喰《く》らいつくんだ。口内には毒々しい色の粘液があって、食虫植物の捕虫器と同様の性質を持っている事が窺《うかが》える。ただ、このサイズと噛む勢いを見るに――食べるものは、虫じゃない。おそらく動物や人間を骨ごと囓《かじ》って、養分にするやつだ……！

「……そぉーら。私の髪から、体の中へ、来いよ……ウフフフッ……」

ラプンツェルは巨大ハエトリグサを一定程度は自分の意志で動かせるらしく、俺を牽制《けんせい》してくる。無限に伸びるものではないらしいが、3mはあるそのリーチの中に近づけなくなってしまった。

「ラプンツェル様、お掴《つか》まり下さいっ！」

ビビィーッとクラクションを鳴らしながらサンドリヨンが警告し、ケッテンクラートは大きく左にカーブして——前方に幾つか並んでいた、雪のコブを回避しにかかる。ここはかつてスキー場として営業していた頃に難所として造成された、コブ斜面《バンピー》らしい。

（……雪花《せっか》っ！）

サンドリヨンもラプンツェルも気付いていないが、左からは雪花がスキーで迫ってきている。ターンしたケッテンクラートと、ちょうど衝突するコースを……！

ケッテンクラートに牽引《けんいん》される俺も、波浪のように雪をボードから巻き上げながら左へターンする。姿勢を保つ事で精いっぱいの今、俺は丸っきり無力だ。ケッテンクラートを止める事も、雪花を止める事も、出来ない……！

「……ああっ！　遠山《とおやま》雪花が、左に——！」

気付いたサンドリヨンが叫び、

「——ヒヒヒッ！　もういい、轢《ひ》けェ、轢いてしまえェ！　この雪原に、五体を撒《ま》き散らさせろォーッ！」

興奮しきった笑い声を上げるラプンツェルが、無慈悲に命じている。

雪花の側から吹き下ろす吹雪と、ラプンツェルの側から舞う色とりどりの花びら。ほぼ這《は》うような急角度でフロントサイドターンする俺が仰ぎ見る光景は、まるで雪と花の入り乱れる異次元空間だ。

煌《きら》めくサーベル式軍刀を下段に構えた雪花《せっか》は、

「――この桜吹雪――」

迫るケッテンクラートを躱《かわ》そうとしない。それどころか、むしろ加速してくる。

その前方には、小山のような雪のコブがあって――

「散らせるものなら、散らしてみろ！」

叫んだ雪花が、バッ！　と、そこを使って跳躍した。モーグルのフルツイストのように身を捻《ひね》り、宙返りしながら。上下逆さまになった体をケッテンクラートの真上に舞わせ、いつしか紙リボンを解《ほど》いた黒髪に優美な弧を描かせ、全身の回転に合わせて振りかぶった、その刀の構えは――

（あれは――天抛《てんほう》……！）

父さんの代で封印された幻の攻技《こうぎ》、天抛だ……！

どんなに強靭《きょうじん》な敵でも、直上からの攻撃には弱い。真上から攻撃される事態なんか普通あり得ないため、備えないからだ。おまけに頭上は、誰しも死角。遠山《とおやま》家の先祖の誰かがそこに目を付けて編み出したのが、大きく跳躍して真上から投射攻撃をする技・天抛。

脳天を攻撃するため相手をほぼ間違いなく殺害してしまう事と、そうならなくても重い障害を残させてしまう技だから、父さんが兄さんに伝えず途絶えた技のはずで――当初は

刀を投げていたのが、後の世ではカマイタチのような見えない刃《やいば》を落とす技に改良された
とされている。この見えない刃には兄さんと俺《おれ》の間で真空説と衝撃波説があったのだが、
雪花の天扼は……どちらでもなさそうだ。というのも……
その刀身が、緋色に煌めいているのだ。鍔《つば》から切っ先へと燃え上がる、焔《ほのお》で。
（ウ、ウソだろ……!?）
——あの輝きは、緋緋星伽神《ヒヒノホトギカミ》——！
白雪《しらゆき》が色金殺女《イロカネアヤメ》で放った、星伽候天流《ほとぎそうてんりゅう》の奥義だ。
天扼、緋緋星伽神、どちらも見間違いじゃない。明らかにその技だ。
雪花は遠山家の技と星伽家の技を、組み合わせる事ができるんだ……！
——シュバァアアッッッ——！
天空から、雪が蒸発する水蒸気を桜吹雪のように舞わせながら——焔《ほのお》の粒が、ケッテン
クラートに降り注ぐ。
ドドドドドドドドッ！　と、炎の榴弾《りゅうだん》がケッテンクラートの周囲に落ちるが、
その威力は——俺が見積もったものより、ずっと小さい。
（……ッ……？）
緋緋星伽神が、不完全にしか放たれなかったような印象がある。一瞬口をへの字にした
ラプンツェルも、頭を低くして悲鳴を上げたサンドリヨンも、無傷だ。

2つの技を組み合わせた事で、どちらも中途半端になったのか？　いや――

「――ッ……！」

バシンッ、と、ケッテンクラートを跳び越えてゲレンデの先に着地《ランディング》した雪花《せっか》の表情が、そうではないと語っている。技の結果は雪花が想定したものとも違うんだ。滑走しながら放ったせいで、失敗したんだろうか。

それでも、今の攻撃には意味があった。ケッテンクラートが更に減速していて、右からファンスキーのカツェが接近できている。その頬《ほお》はプックリ膨らんでいて、どうやら口に含んだ雪を溶かして水に変えているところらしい。手には隠し持っていた、棍棒《こんぼう》……？

いや、M24型柄付手榴弾《ポテトマッシャー》をストックごと握ってるぞ。

「キャハハッ！　もっと、もっとだ雪花、もっと私と進化を遂げようではないか！」

座席上で活《い》き活《い》きしてるラプンツェルは足も活発に動かすのでスカートが上がり、細い太ももが付け根まで丸見えだ。こんな時でもつい見てしまいそうになるが、注視すべきはそこじゃない。気付いてないフリでカツェに接近を許してから、ケッテンクラートの側面トランクを開けて彼女が取り出した――

「――黒猫よ、お前にもエサをくれてやろう！」

ハーネルＭＰ28短機関銃。穴だらけのチーズみたいなバレルジャケットと、ガシャッとラプンツェルが機関部に横から挿した弾倉が特徴的なサブマシンガンだ。

塹壕戦《ざんごうせん》で活躍したという取り回しのいい機関銃が、パパパパァンッ！　破裂音のような甲高い連射音を上げる。ケッテンクラートは右にカーブし、カツェへ迫っていく。車体に引っ張られる俺《おれ》ごと。楽しげに笑うラプンツェルの弾に追い立てられ、カツェがこっちへ滑ってきて――バックミラーで俺の位置を確認しながらのサンドリヨンがハンドルを切り、

「モゴモゴ！」

「うおっ⁉」

それぞれ柄付手榴弾《しゅりゅうだん》・滞空弾子を掴《つか》んでいたカツェと俺は手を合わせることもできず、衝突させられてしまう。とっさに身を屈《かが》めて振り返った俺の頭には、びしゃあと生温かい水がかかる。なんだこれ。微《かす》かに甘酸っぱいような、薄い石鹸《せっけん》水みたいな、いいニオイがする。あっ、カツェが口に長々と含んでた水か。驚きだな。女子は口に含んだ水を吐けば香水に変えることができるんだ。それは女の子全員が持つ魔法なのかもしれないね。妙なヒステリアモードの癖を付けないようにするためにも、深くは考えないようにするけど。

「うわわわあぁあ」

スキーのコントロールを失ったカツェは、ストックも柄付手榴弾も落っことしてしまい……ドウウゥッ！　背後で起きた自業自得の爆発に煽《あお》られ、ゲレンデのコースから一気に外れてしまう。それで樹氷の林に滑り込み、木から下がるつららを避《よ》けようとして――

「うおっ⁉」

見てなかった足下の根っこにスキー板が引っかかって外れ、魔女帽を宙に舞わせながらダイブするように雪原へ突っ込んだ。スピードも付いていたし斜面だしなので、そのままゴロゴロゴロッと転がっていき……体の周囲に雪がついていき……昭和のマンガみたいに、大きな雪のボールになってるぞ。

最後には自重が増して摩擦で停止したカツェ雪ダルマの上へ、魔女帽がフワフワ飛んできて……乗っかった。主《あるじ》のところに自動で飛んでくるリモコン帽子なんだな、あれ。

これにてカツェは脱落し、残るは俺《おれ》と雪花《せっか》だけだ。対するケッテンクラートは俺たちが粘り強く追ってくるので、Ｆａ２６９改への最短距離を走る事をやめたらしい。カツェのように——ゲレンデの端から、林の中へと突入していくぞ。俺たちが樹木を避《よ》けたり根に引っかかれば、それで振り切れるって算段か？

だとすると、それは見込み違いだ。ケッテンクラート自身が木を避けなければならない以上、少なくとも俺は足下にさえ気をつければ平気さ。

しかし雪花は、引き離されるかも……と思ったが、ついてきた。軍刀を鞘《さや》に収め、手で空中を掻くようにして、ボッ！　ボッ！　と、自分のナナメ後方に小規模な爆発を起こし、コースを巧みに変えて木々を避けながら。

あれは手に空気を孕《はら》ませて高速で払い、全力疾走中に急ターンを行う遠山《とおやま》家の『蕉驅《しょうく》』。それに未見の魔術を合わせた技だ。もし装甲車や戦車に乗りながら使えば、スラスターが付いた車輛《しゃりょう》みたいになって、常識外れの機動が可能になるだろう。

だが、理屈で考えればその技をブースターみたいに使って敵に飛びかかればよさそうなものを——俺のすぐ隣まで追いついてきた雪花は、そうしない。しようとしている動きもあったが、出来ていなかった。

ラプンツェルは異形の植物にガチンッガチンッとキバを鳴らさせながら、雪花を睨《にら》む。

「どうした雪花、物足りないぞォ。それでも我ら枢軸の一員か。真の力を見せてみろッ」

「断る。気付けないのか？　貴様では、自分の相手にとって不足ということだ」

黒髪を彗星《すいせい》の尾のように曳《ひ》いて滑る雪花の声には、強がっているようなトーンがある。

雪花は実力を出さないのではなく、出せないらしい。

しかしラプンツェルは雪花のセリフを言葉通りに受け取ったのか、激しくイラッとしたような表情を作り——「……」と、何秒か雪花と睨めっこする妙な間《ま》を置いた後《のち》、バッ！

「——これでも不足かァ!?」

ケッテンクラートの座席脇から、

（……パンツァーファウスト、30クライン……！）

バズーカ砲みたいな対戦車擲弾砲《てきだんほう》を細腕で抱えて、雪花を狙ってきたぞ……！

そんなゲテモノを喰《く》らったら、人体なんか粉微塵《こなみじん》になる。ヒステリアモードは天下無双とはいえ、体そのものが鋼鉄のように硬くなったりする事はないんだ。それに、そこから発射したら、後方爆風でサンドリヨンも死傷しかねないぞ。

「──雪花《せっか》！」

俺《おれ》は滞空弾子を投棄し、敵から離れるため雪花の腰を抱いて急ターンする。右方向には木々が密集した場所があったので、逆に不自然なほど一本の木も生えていない左方向へ。

あのパンツァーファウストの射程距離は短い。確か、僅か30ｍだ。離れてしまえば──

（……!?）

そう思った俺の目が、吹雪の先、新雪の野の向こう側の光景に気付く。

全てが白くてよく分からなかったが、景色が横一線に切れている。

──崖……いや、雪庇《せっぴ》……！

ここに木が生えていない理由が分かった。ここは雪が風力で崖から庇《ひさし》のように飛び出て固まった、雪庇の上なんだ。ケッテンクラートがこの林に進入したのも、ラプンツェルが特定のタイミングでパンツァーファウストを出したのも、俺たちをこの雪庇へと誘導するためだったんだ。サンドリヨンを後方爆風の危険に晒《さら》したのも、彼女の命を餌にした罠。

──やられたッ──

「ギャハハハッ！　淘汰《とうた》だ淘汰！　勝利万歳《ジーク・ハイル》！」

──バシュウゥゥゥウウッ！

ラプンツェルがナナメ後ろの俺たちへと抱え撃ちしたパンツァーファウストの弾頭が、

放物線を描いて飛んでくる。誘導弾逸らし《スラッシュII》は間に合わない。俺は直撃を避《よ》けようと、既に自ら射程圏外に出ているからだ。だがラプンツェルがあの擲弾《てきだん》で粉砕しようとしたのは、俺たちではない。この雪庇、そのもの……！

──ドウッ！　ドドドドドドドドドドドォォォォォッ──……！

パンツァーファウストの炸裂《さくれつ》音に続き、俺たちの足下が地響きを上げながら崩れ始める。雪崩──どころの騒ぎじゃない。今、俺たちの周囲の地面が、全て崩落しているのだ。

「雪花、掴《つか》まれッ！」

「うぁっ……！」

俺は雪花を抱きしめ、崩れる雪の上でスノーボードを操るが──その体感はもう、滑走ではない。落下だ。５ｍ、10ｍ。この落下の衝撃は致命的なものになるだろう。さらにはドカドカと崩れて降り注ぐ莫大《ばくだい》な雪の重量で圧死することも避けられない。

逃れようのない死が下にも上にも迫り、雪花が──俺に、しがみついてくる。

だが、でも。

諦めはしないぞ、俺は。武偵《ぶてい》憲章10条──諦めるな。武偵は決して、諦めるな──！

（──間に合えッ！）

俺は拳銃《ベレッタ》に、先日かなでから受け取ったサンプル品の開傘弾《パラシュート》をコンバットロードする。

そしてすぐさまヒステリアモードの頭をフル回転させて、上下前後左右全てで崩れ落ちる雪の動きを三次元的に計測し——バッ！　と、ナナメ上へ向けて発砲した。

降り注ぐ雪庇《せっぴ》の破片をスリ抜けた上空で、平賀《ひらが》さんの作ったその弾が解《ほど》けるように開き始め……たのかは分からないが、とにかく赤い滞空弾子を右手で掴《つか》む。それから左腕で、雪花《せっか》を強く、強く抱く。

「あっ……！」

俺《おれ》と体の正面同士を密着させるようにして抱かれた雪花が、女の声を出して——

滞空弾子に、手応え。落ちてくる雪の塊に耐えながら振り仰げば、俺は蜘蛛《くも》の糸ほどに細い複相アラミド繊維に掴まって、見えないほど薄いパラシュートにブラ下がっている。

光の屈折によってのみ視認できるそのアーチ型のキャノピーは、とても小さい。１人用だ。

（……っ……！）

２人でブラ下がると、安全な速度では降下できないが——

それでも落下スピードは、大幅に和らいだ。文字通り命綱となった滞空弾子を握りしめ、上から襲いかかる雪の重みに耐えて、耐えて……耐えて……

ザザァアァァァァア——ッ！　と、俺は雪花と共に雪の斜面へ落ちる。崩壊した雪庇の質量の大部分よりも、後に。

そこからは雪崩気味に崩れる雪が、津波のように俺と雪花を転がす。スノーボードも、スキー板も、もう外れてどこかへ押し流されてしまった。巨人の手のひらの上で弄ばれるビー玉のように転げつつ、それでも俺は腕の中の雪花を放さない。

「雪花……！」

「……キンジ……！」

——白い世界の中で、お互いの声だけが聞こえ——

何十分にも思えた、地獄のような数十秒が終わる。

雪の動きが、止まったのだ。

「……う……」

「……キン、ジ……」

俺と雪花は……ギリギリ、生き埋めにならずに済んでいた。とはいえ俺は胸から下が、雪花は腰から下が全て雪に埋もれていて、すぐには出られない。

氷漬けにされてるような寒さの中、横目に見たゲレンデの麓《ふもと》では——

フォッケ・アハゲリス……Ｆａ２６９改の後部ハッチに、ケッテンクラートがガリガリ音を立てながら登っていくところだった。既に地上へ向けた双発ローターを十分な速度で回転させていたＦａ２６９改は、そのまま、悠々と浮かび上がっていく。

初めは上下逆さまのタンデムローター・ヘリのように上昇し、長い主脚を収納しながら推進式プロペラ機に遷移していくその様子を……俺は、ただ見送ることしかできない。

「——キンジ、無事か……っ！」

なんとか自力で雪を押し退《おの》けられた雪花《せっか》が、俺《おれ》の腕を引っ張ってくれて……俺も、雪の斜面に出る事ができた。

「雪花……ありがとう。俺は、大丈夫だよ」

「……よかった……よかったぁ……」

俺が微笑《ほほえ》みかけると、女の子座りで俺をハラハラ見ていた雪花は……心からホッとした顔で、涙ぐんでいる。

それからハッと何かに気付いたような顔をして、自分の大きな胸に手を当て——

「……この、気持ちは……」

頬《ほお》を赤くさせていきつつ、視線を落とし、しょんぼりと項垂《うなだ》れていく。

「そうだったのか……だから自分は、十分に戦う事ができなくなっていたのか……」

恥じらうように呟《つぶや》き、軍帽を落としそうなぐらい俯《うつむ》いてしまった雪花に——

「どうしたんだ、落ちた時にどこか痛めたか」

心配して、俺が尋《たず》ねる。

「落ちた時……そうだな……いや、この徴候は何日も前から自分の中に起きてはいたのだ。竹下町《たけしたちょう》でも、あのカフェの女給のような服を着たいと思ってしまったり……今も、貴様が頼もしく思えてしまって……女として……落ちながら、落ちたのかもしれない……」

上目遣いで俺を見てきた雪花は、目が合うと怯《おび》えるように視線を逸《そ》らす。そして、

「……恋に……」

息が止まるほど艶《なま》めかしい仕草で、再び流し目してきた。頬から耳へ赤面を伝染させ、魅入《みい》られそうに深く潤んだ牝《めす》の瞳《め》で。俺の理性を削り、牡《おす》の本能を昂《たか》ぶらせるように。

——雪花——

誰にも自己を委ねたり譲ったりしない、潔癖なまでに高潔だった雪花が。自分を男だと主張し、そのように振る舞っていた雪花が。

いま俺の前で体裁ぶる事もできずに取っているその態度は——明らかに、女のものだ。

「よせ、今の自分を見るな……！」

雪花は美しい顔を手で隠し、幼い子供がするように嫌々《いやいや》をする。見るなと言われたのに、どういうワケか俺は雪花の黒髪が左右に躍《おど》る愛らしい光景から目が離せない。目を動かす筋肉が凍り付いてしまったかのようだ。

「キンジ、自分には困った事が起きている。これは貴様のせいだぞ。どうしたらいいか、責任を取って貴様が考えろ。考えてくれ」

雪花は少女に退行してしまったかのように保護欲をくすぐる態度を取りながら、大人の女性の色気をたっぷり詰め込んだ罪作りな身体《からだ》を雪に彩らせて——相反する二つの魅力を、俺にタップリと見せつけてきている。

「こ、困った事……？　責任……？」

まごつく俺《おれ》の脳裏を——

かつて双極兄妹《アルカナム・デュオ》と称して戦略的にヒステリアモードになった時の、かなめの姿がよぎる。女が違うから伝わってくる魅力は別の物だが、この、男の本能の中枢を熱く滾《たぎ》らせてくる感覚は——女のヒステリアモード……だ……！

今の雪花《せっか》の発言から考えて、雪花は俺たちが連れていった女子の町・原宿《はらじゅく》で——自分が女子なのだという感覚を潜在意識に植え付けてきていたらしい。

そしてその意識を、俺が迂闊《うかつ》にもヒステリアモードの自分を雪花の目の前で見せた事で花開かせてしまったのだ。きっと。

戦争と平和。男と女。平和の側に立った雪花は、時を同じくして女の側にも立ち、そのせいでヒステリアモードをも変質させてしまったらしい。だからこの戦いで本来の実力を発揮できず、それがラプンツェル大佐《たいさ》を捕《と》り逃がす結果にも繋《つな》がった——

「どうしよう。困った事に、自分の心身は、貴様の女になりたがっている。胸や腹の奥が、熱く、疼《うず》く……自分は、自分は……」

とうとう泣き出してしまった雪花が、白手袋の手で赤い顔を覆う。

そして雪に咲く花のように、風に髪を広げて告げてくるのだった。

「貴様のことが、好きになってしまったのだ……！」

Go For The NEXT!!!!

あとがき

新型コロナウイルスの流行による被害を受けた全ての方に、お見舞い申し上げます。

私がこの本を書いている時に、世界で大変な事が起きました。それはまだ続いています。世界中が同時に危機に陥るという体験は、私にとって初めての事でした。この本を読んで下さっている皆さんにとっても、そうだったと思います。

その危機は人間同士の戦争でもＡＩの暴走でもなく、目にも見えない小さなウイルスによって引き起こされました。人と人は分断され、町は静まり返り、多くの人の働く場所や学ぶ機会が失われました。

何年も前から技術的には出来たハズなのに浸透しなかったリモートワークが広まるなど、ポジティブな進歩もありました。でも、危機は危機です。失われたものの方がずっと多く、誰もが辛《つら》くて怖い思いをしました。それは動かしようのない事実だと思います。

そんな中で、改めて気がついた事がありました。

それは『面白い』という事の大切さです。

小説、マンガやアニメ、歌と音楽、動画や映画、ゲーム、スポーツ、その観戦……私はそういった面白いものに支えられて、ディストピアのような自粛生活の中でもこの物語を書く事ができました。

辛くて怖い時には、そういった面白い事が大切です。辛さや怖さは、面白さで押し返す事ができるからです。現実から目を逸《そ》らすというのとは、ちょっと違います。現実とは、それらの面白い物事も含めて現実だからです。この世の困難を押し返しながら強く生きるために、人は有史以来ずっと面白い事と共にあるのです。

イベントやカラオケなど、新型コロナウイルスは一部の面白い事さえも蝕《むしば》みましたが（せっかくチケットが当たったオリンピックも、延期になってしまいました！）、挫《くじ》けてはいけません。今まだ楽しめる面白い事を大切にして下さい。辛さや怖さに負けないために。

『面白い』という言葉の語源は、暗い夜、人々が火を囲んで俯《うつむ》いている時——誰かがする楽しい話に上げた人々の笑顔が、火の光に白く照らされる光景だといいます。

——私の物語が、このコロナの夜に俯いたあなたが顔を上げる力になれますように。

2020年6月吉日　赤松中学《あかまつちゆうがく》

アリア33巻!!
■アリアもあっという間に
33巻です！
雪花ちゃんそれなりに
背が高い設定
なので少し
頭身上げて
描けるのが
楽しかったです！
それではまた次巻で
お会いいたしましょう！

MF文庫J

緋弾のアリアXXXIII
花冠の帰還兵《ブルーメン・クローネ》

2020年6月25日　初版発行

著者　赤松中学

発行者　三坂泰二

発行　株式会社KADOKAWA
〒102-8177 東京都千代田区富士見2-13-3
0570-002-001（ナビダイヤル）

印刷　株式会社廣済堂

製本　株式会社廣済堂

Printed in Japan　ISBN 978-4-04-064731-9 C0193